A princesa de Babilônia

Voltaire

Copyright © 2013 da edição: Editora DCL – Difusão Cultural do Livro

Equipe DCL – Difusão Cultural do Livro

DIRETOR EDITORIAL: Raul Maia

Equipe Eureka Soluções Pedagógicas

REVISÃO DE TEXTOS: Joana Carda Soluções Editoriais

Texto em conformidade com as novas regras ortográficas do Acordo da Língua Portuguesa

Dados Internacionais de Catalogação na Publicação (CIP)
(Câmara Brasileira do Livro, SP, Brasil)

Voltaire, 1694-1778.
A princesa de Babilônia / Voltaire ; [tradução Equipe DCL]. -- São Paulo : DCL, 2013. --
(Clássicos literários)

Título original: La princesse de Babylone
Bibliografia.
ISBN 978-85-368-1634-0

1. Contos franceses I. Título. II. Série.

| 13-01032 | CDD-843 |

Índices para catálogo sistemático:

1. Contos : Literatura francesa 843

Impresso na Índia

Editora DCL – Difusão Cultural do Livro
(11) 3932-5222
www.editoradcl.com.br

Sumário

APRESENTAÇÃO 5
BIOGRAFIA DO AUTOR..7
CAPÍTULO I 9
CAPÍTULO II 17
CAPÍTULO III...18
CAPÍTULO IV...24
CAPÍTULO V..34
CAPÍTULO VI...38
CAPÍTULO VII 41
CAPÍTULO VIII..42
CAPÍTULO IX...47
CAPÍTULO X..50
CAPÍTULO XI...56

Apresentação

"A princesa de Babilônia" é uma novela de leitura agradável, além de extremamente instrutiva.

Voltaire apresenta, concomitantemente: amor ingênuo e puro, amor carnal, fidelidade e traição, amizade, ódio, vingança, inveja, prazer e dor, guerras, mortes, ressurreição, afeição e respeito pelos animais.

O jovem herói Amazam se apaixona por Formosante, a princesa da Babilônia. Julgando-se traído resolve correr o mundo e Formosante sai em busca dele para desfazer o equívoco e comprovar sua fidelidade. É o recurso que Voltaire emprega para descrever os costumes e instituições de inúmeras nações e culturas da antiguidade e, como sempre, criticá-las com ironia e acidez.

O autor, nesta obra, é um pouco parcimonioso em suas irreverências, mas não deixa de ser cáustico algumas vezes.

Sobre as batalhas, tão frequentes na antiguidade como hoje, Voltaire é incisivo:

Os homens que comem carne e tomam beberagens fortes têm todos um sangue azedo e adusto, que os torna loucos de mil maneiras diferentes. Sua principal demência se manifesta na fúria de derramar o sangue de seus irmãos e devastar terras férteis, para reinarem sobre cemitérios.

A respeito da ressurreição, tema que Voltaire tratava com desdém, aqui fala com uma profundidade e percuciência dignas de meditação:

– A ressurreição, Alteza – disse-lhe a fênix, – é a coisa mais simples deste mundo. Não é mais surpreendente nascer duas vezes do que uma. Tudo é ressurreição no mundo; as lagartas ressuscitam em borboletas, uma semente ressuscita em árvore; todos os animais, sepultados na terra, ressuscitam em ervas, em plantas, e alimentam outros animais, de que vão constituir em breve uma parte da substância: todas as partículas que compunham os corpos são transformadas em diferentes seres. É verdade que sou o único a quem o poderoso Orosmade concedeu a graça de ressuscitar na sua própria natureza.

A mesma fênix demonstra quão ridícula é a pretensão humana de dominar o conhecimento sobre a origem dos homens e, enfim, de todas as coisas:

–E tu – perguntou o rei da Bética à fênix, – que pensas a respeito?

– Sire – respondeu a fênix, – sou ainda muito jovem para estar informada da antiguidade. Não vivi mais que uns vinte e sete mil anos; mas meu pai, que viveu cinco vezes essa idade, me dizia haver sabido, por meu avô, que as regiões do Oriente sempre foram mais povoadas e mais ricas que as outras. Sabia, por seus antepassados, que as gerações de todos os animais tinham começado às margens do Ganges. Quanto a mim, não tenho a vaidade de ser dessa opinião. Não posso acreditar que as raposas de Albion, as marmotas dos Alpes e os lobos das Gálias venham do meu país; da mesma forma, não creio que os pinheiros e os carvalhos das vossas regiões descendam das palmeiras e dos coqueiros da Índia.
– Mas de onde vimos então? – indagou o rei.
– Nada sei – respondeu a fênix. – Desejaria apenas saber para onde poderão ir a bela princesa da Babilônia e o meu querido amigo Amazan.

Insistindo sobre a fragilidade do conhecimento humano, Voltaire, pelas palavras de milorde "What-then" (milorde Que Importa), habitante de Albion (Inglaterra), afirma:

Com o mesmo espírito que nos fez conhecer e sustentar os direitos da natureza humana, elevamos as ciências ao mais alto ponto a que possam chegar entre os homens. Os vossos egípcios, que passam por tão grandes mecânicos; os vossos hindus, a quem julgam tão grandes filósofos; os vossos babilônios, que se vangloriam de haver observado os astros durante quatrocentos e trinta mil anos; os gregos, que escreveram tantas frases e tão poucas coisas, não sabem precisamente nada em comparação com os nossos menores colegiais, que estudaram as descobertas de nossos grandes mestres. Arrancamos mais segredos à natureza no espaço de cem anos do que os descobriu o gênero humano na multidão dos séculos.

Voltaire, finalmente, destila todo o amargor que sentia pelos ataques e perseguições que sofreu, pedindo a proteção das Musas:

Nem por isso, ó Musas, me havereis de proteger menos. Impedi que os continuadores temerários estraguem com as suas fábulas as verdades que ensinei aos mortais nesta fiel narrativa, assim como ousaram falsificar Cândido, o Ingênuo, e as castas aventuras da casta Joana que um ex-capuchinho desfigurou em versos dignos dos capuchinhos, em edições batavas.
....
Ó Musas, imponde silêncio ao detestável Coger, professor de parolagem no colégio Mazarino, que não ficou contente com os discursos morais de Belisário e do imperador Justiniano e escreveu infames libelos difamatórios contra esses dois grandes homens.
......

Musas, filhas do céu, vosso inimigo Larcher ainda faz mais: estende-se em elogios à pederastia; ousa dizer que todos os bambinos do meu país são sujeitos a essa infâmia. Pensa salvar-se aumentando o número dos culpados.

Nobres e castas Musas, que detestais igualmente o pedantismo e a pederastia, protegei-me contra mestre Larcher!

É mais um trabalho extraordinário de um dos maiores pensadores que a História já registrou.

Biografia do autor

François-Marie Arouet, filho de um notário do Châtelet, nasceu em Paris, em 21 de novembro de 1694. Depois de um curso brilhante num colégio de jesuítas, pretendendo dedicar-se à magistratura, pôs-se ao serviço de um procurador. Mais tarde, patrocinado pela sociedade do Templo e em particular por Chaulieu e pelo marquês de la Fare, publicou seus primeiros versos. Em 1717, acusado de ser o autor de um panfleto político, foi preso e encarcerado na Bastilha, de onde saiu seis meses depois, com a *Henriade* quase terminada e com o esboço do *OEdipe*. Foi por essa ocasião que ele resolveu adotar o nome de Voltaire. Sua tragédia *OEdipe* foi representada em 1719 com grande êxito; nos anos seguintes, vieram: *Artemise* (1720), *Marianne* (1725) e o *Indiscret* (1725).

Em 1726, em consequência de um incidente com o cavaleiro de Rohan, foi novamente recolhido à Bastilha, de onde só pode sair sob a condição de deixar a França. Foi então para a Inglaterra e aí se dedicou ao estudo da língua e da literatura inglesas. Três anos mais tarde, regressou e publicou *Brutus* (1730), *Eriphyle* (1732), *Zaïre* (1732), *La Mort de César* (1733) e *Adélaïde Duguesclin* (1734). Datam da mesma época suas *Lettres Philosophiques* ou *Lettres Anglaises*, que provocaram grande escândalo e obrigaram a refugiar-se em Lorena, no castelo de Madame du Châtelet, em cuja companhia viveu até 1749. Aí se entregou ao estudo das ciências e escreveu os *Eléments de le Philosophie de Newton* (1738), além de *Alzire*, *L'Enfant Prodigue*, *Mahomet*, *Mérope*, *Discours sur l'Homme*, etc.

Em 1749, após a morte de Madame du Châtelet, voltou a Paris, já então cheio de glória e conhecido em toda a Europa, e foi para Berlim, onde já estivera alguns anos antes como diplomata. Frederico II conferiu-lhe honras excepcionais e deu-lhe uma pensão de 20.000 francos, acrescendo-lhe assim a fortuna já considerável. Essa amizade, porém, não durou muito: as intrigas e os ciúmes em torno dos escritos de Voltaire obrigaram-no a deixar Berlim em 1753.

Sem poder fixar-se em parte alguma, esteve sucessivamente em Estrasburgo, Colmar, Lyon, Genebra, Nantua; em 1758, adquiriu o domínio de Ferney, na província de Gex e aí passou, então, a residir em companhia de sua sobrinha Madame Denis. Foi durante os vinte anos que assim viveu, cheio de glória e de amigos, que redigiu *Candide, Histoire de la Russie sous Pierre le Grand, Histoire du Parlement de Paris*, etc., sem contar numerosas peças teatrais.

Em 1778, em sua viagem a Paris, foi entusiasticamente recebido. Morreu no dia 30 de março desse mesmo ano, aos 84 anos de idade.

CAPÍTULO I

O velho Belus, rei de Babilônia, julgava-se o primeiro homem do mundo, pois todos os seus cortesãos lho diziam e os seus historiógrafos lhe provavam. O que poderia desculpar-lhe esse ridículo era que, com efeito, seus predecessores haviam construído Babilônia mais de trinta mil anos antes, mas ele a havia embelezado. Sabe-se que o seu palácio e o seu parque, situados a algumas parasangas de Babilônia, se estendiam entre o Eufrates e o Tigre, que banhavam aquelas ribas encantadas. Sua vasta residência, de três mil passos de fachada, elevava-se até as nuvens. A plataforma era cercada de uma balaustrada de mármore branco de cinquenta pés de altura que sustentava as estátuas colossais de todos os reis e de todos os grandes homens do Império. Essa plataforma, composta de duas ordena de tijolos cobertos de densa camada de chumbo, continha terra numa espessura de doze pés; e sobre essa terra havia erguido florestas de oliveiras, laranjeiras, limoeiros, palmeiras, cravos e caneleiras, que formavam alamedas impenetráveis aos raios do sol.

As águas do Eufrates, elevadas por bombas em cem colunas ocas, vinham até esses jardins encher vastos tanques de mármore e, retombando por outros canais, iam formar no parque cascatas de seis mil pés e cem mil repuxos cuja altura mal se podia perceber: voltavam em seguida para o Eufrates, de onde provinham. Os jardins de Semíramis, que espantaram a Ásia vários séculos depois, não passavam de uma fraca imitação dessas antigas maravilhas; pois, no tempo de Semíramis, tudo começava a degenerar entre os homens e as mulheres.

Mas o que havia de mais admirável em Babilônia, o que eclipsava tudo o mais, era a filha única do rei chamada Formosante. Foi segundo os seus retratos e estátuas que, séculos após, Praxíteles esculpiu a sua Afrodite e aquela a que chamaram a Vênus das belas nádegas. Que diferença, ó céus, do original para as cópias! De modo que Belus era mais orgulhoso da sua filha que do seu reino. Tinha esta dezoito anos: era preciso um esposo digno dela; mas onde encontrá-lo? Ordenara um antigo Oráculo que Formosante só poderia pertencer àquele que retesasse o arco de Nemrod. Esse Nemrod, o grande caçador perante Deus, deixara um arco de sete pés babilônicos de altura, de um ébano mais duro que o ferro do monte Cáucaso que se trabalha nas forjas de Derbente; e nenhum mortal depois de Nemrod pudera distender esse arco maravilhoso.

Fora ainda dito que o braço que distendesse esse arco mataria o leão mais terrível e perigoso que fosse largado no circo de Babilônia. Não era tudo: o lançador do arco, o vencedor do leão, devia abater a todos os seus rivais; mas devia principalmente ter muita inteligência, ser o mais magnífico dos homens, o mais virtuoso, e possuir a coisa mais rara que existisse no universo inteiro.

Apresentaram-se três reis que se atreveram a disputar Formosante: o faraó do Egito, o xá das Índias e o grande cã dos citas. Belus marcou o dia e o local do combate, que era no extremo de seu parque, no vasto espaço limitado pelas águas do Eufrates e do Tigre reunidos. Ergueram em redor da liça um anfiteatro de mármore que podia conter quinhentos mil espectadores. Defronte ao anfiteatro, ficava o trono do rei que devia comparecer com Formosante, acompanhada de toda a Corte; e à direita e à esquerda, entre o trono e o anfiteatro, estavam outros tronos e outros assentos para os três reis e para todos os outros soberanos que tivessem a curiosidade de vir assistir àquela augusta cerimônia.

Em primeiro lugar, chegou o rei do Egito, montando o boi Apis e segurando o sistro de Isis. Vinha seguido de dois mil sacerdotes vestidos de túnicas de linho mais brancas que a neve, de dois mil eunucos, de dois mil mágicos e de dois mil guerreiros.

Depois chegou o rei das Índias, num carro tirado por doze elefantes. Tinha um séquito ainda mais numeroso e mais brilhante que o do faraó do Egito.

O último que apareceu foi o rei dos citas. Não tinha junto de si senão guerreiros escolhidos, armados de arcos e de flechas. Sua montaria era um tigre soberbo que ele domara e que era tão alto quanto os mais belos cavalos da Pérsia. O porte desse monarca, imponente e majestoso, apagava o de seus rivais; seus braços nus, tão musculosos quanto brancos, pareciam já retesar o arco de Nemrod.

Os três príncipes se prosternaram primeiro diante de Belus e de Formosante.

O rei do Egito ofereceu à princesa os dois mais belos crocodilos do Nilo, dois hipopótamos, duas zebras, dois ratos do Egito e duas múmias, com os livros do grande Hermes, que ele julgava o que havia de mais raro sobre a face da terra.

O rei das Índias ofereceu-lhe cem elefantes, que carregavam cada um uma torre de madeira dourada, e depôs a seus pés o Veidam, escrito pela mão do próprio Xaca.

O rei dos citas, que não sabia ler nem escrever, apresentou cem cavalos de batalha, cobertos de xairéis e peles de raposas negras.

A princesa baixou os olhos diante de seus pretendentes e inclinou-se com uma graça tão modesta quanto nobre.

Belus mandou conduzir os três monarcas aos tronos que lhes estavam reservados.

– Quem me dera ter três filhas – disse-lhes, – e eu faria hoje seis pessoas felizes.

Em seguida mandou tirar a sorte, para ver quem primeiro experimentaria o arco de Nemrod. Puseram num capacete de ouro os nomes dos três pretendentes. O do rei do Egito saiu em primeiro lugar; em seguida, o do rei das Índias. O rei cita, olhando o arco e os seus rivais, não se queixou de ser o terceiro.

Enquanto se preparavam essas brilhantes provas, vinte mil pajens e vinte mil raparigas distribuíam com toda a ordem refrescos aos espectadores. Todos confessavam que os deuses só haviam instituído os reis para que dessem festas todos os dias, contanto que fossem variadas; que a vida é demasiado curta para que a empreguemos de outra forma; que os processos, as intrigas, a guerra, as disputas dos sacerdotes, que consomem a vida humana, são coisas absurdas e horríveis; que o homem nasceu para a alegria; que não amaria apaixonada e continuamente os prazeres se não fora formado para eles; que essência da natureza humana é deleitar-se, e todo o resto é loucura. Essa excelente moral nunca foi desmentida senão pelos fatos.

Quando iam começar as justas que deviam decidir do destino de Formosante, apresentou-se um jovem desconhecido montado num unicórnio, acompanhado de seu escudeiro em igual montaria, e trazendo ao punho um grande pássaro. Os guardas ficaram surpresos ao ver em tal equipagem um vulto que tinha um ar de divindade. Era, como depois se disse, o rosto de Adonis sobre o corpo de Hércules; era a majestade unida à graça. Suas sobrancelhas negras e seus longos cabelos loiros, combinação de beleza desconhecida em Babilônia, encantaram a assembleia; todo o anfiteatro ergueu-se para melhor o contemplar; todas as mulheres da Corte fixaram nele olhares atônitos. A própria Formosante, que sempre baixava os olhos, ergueu-os e enrubesceu; os três reis empalideceram; todos os espectadores, comparando Formosante com o desconhecido, exclamavam: "Não há no mundo senão esse jovem que seja tão belo como a princesa".

Os porteiros, espantados, perguntaram-lhe se ele era rei. O estrangeiro respondeu que não tinha essa honra, mas que viera de muito longe, por curiosidade, para ver se havia reis que fossem dignos de Formosante. Levaram-no para a primeira fila do anfiteatro, a ele, ao seu valete, aos seus dois unicórnios e ao seu pássaro. O jovem fez uma profunda saudação a Belus, à sua filha, aos três reis e a toda a assembleia. Depois acomodou-se, corando.

Seus dois unicórnios deitaram-se a seus pés, o seu pássaro pousou-lhe no ombro, e seu valete, que carregava um pequeno saco, postou-se a seu lado.

Começaram as provas. Retiraram de seu estojo de ouro o arco de Nemrod. O mestre de cerimônias, seguido de cinquenta pajens e precedido de vinte trombetas, o apresentou ao rei do Egito, que o fez benzer por seus sacerdotes; e, tendo-o colocado sobre a cabeça do boi Apis, não mais duvidou de alcançar essa primeira vitória. Desce à arena, experimenta o arco, esgota as suas forças, faz contorções que provocam o riso do anfiteatro e até fazem Formosante sorrir.

Aproxima-se dele o seu grande esmoler, e lhe diz:

– Que Vossa Majestade renuncie a essas honras vãs, que não são mais que as dos músculos e nervos: triunfareis no resto. Vencereis o leão, pois tendes o sabre de Osiris. A princesa de Babilônia deve pertencer ao príncipe que tenha mais inteligência, e já tendes decifrado enigmas, Deve ela desposar o mais virtuoso, e vós o sois, pois fostes educado pelos sacerdotes do Egito. O mais generoso deve vencer, e vós lhe presenteastes os dois mais belos crocodilos e os dois mais belos ratos que havia no Delta. Possuía o boi Apis e os livros de Hermes, que são a coisa mais rara do universo. Ninguém vos pode disputar Formosante.

– Tens razão – disse o rei do Egito, e voltou para o trono.

Puseram o arco entre as mãos do rei das Índias, o qual ficou com empolas por quinze dias, e consolou-se pensando que o rei dos citas não seria mais feliz do que ele.

O cita manejou o arco por sua vez. Juntava a habilidade à força: o arco pareceu adquirir alguma elasticidade em suas mãos; fê-lo ceder um pouco, mas não conseguiu distendê-lo. O anfiteatro, a quem o bom aspecto desse príncipe inspirava favoráveis inclinações, lamentou seu pouco sucesso e julgou que a bela princesa jamais se casaria.

Então o jovem desconhecido desceu de um salto à arena, e dirigindo-se ao rei dos citas:

– Não se espante Vossa Majestade – disse-lhe ele – de não haver obtido inteiro sucesso. Esses arcos de ébano são fabricados na minha terra: há determinado modo de os manejar. Tendes muito mais mérito em havê-lo feito ceder do que eu possa ter em retesá-lo. Em seguida tomou uma flecha, ajustou-a na corda, retesou o arco de Nemrod e fez voar a flecha muito além das barreiras. Um milhão de mãos aplaudiu esse prodígio. Babilônia reboou de aclamações, e todas as mulheres diziam: – Que felicidade que tão belo rapaz tenha tanta força!

Tirou em seguida do bolso uma lâmina de marfim, escreveu nela com um estilete de ouro, prendeu a chapa de marfim ao arco, e apresentou tudo à princesa com uma graça que encantava a todos os assistentes. Depois foi modestamente para o seu lugar, entre o seu criado e o seu valete. Babilônia inteira estava no auge da surpresa, os três reis desconcertados, e o desconhecido não parecia aperceber-se de nada disso.

Formosante ainda ficou mais espantada quando leu, na chapa de marfim presa ao arco, estes versos em bela linguagem caldaica:

O arco de Nemrod é o arco da guerra.
Mas o arco do Amor é o da felicidade:
Contigo o tens, Princesa. E, na verdade,
E por isso que o Amor domina toda a terra.
De três gloriosos reis, cada qual se presume
Ser afinal teu único e ditoso rei.
A quem escolherás, Princesa? Apenas sei
Que o universo inteiro há de sentir-lhe ciúme.

Esse pequeno madrigal não incomodou a princesa. Foi criticado por alguns senhores da antiga Corte, que disseram que outrora, nos bons tempos, teriam comparado Belus ao sol e Formosante à lua, seu pescoço a uma torre e seu colo, a um alqueire de trigo. Disseram que o estrangeiro não tinha imaginação e que se afastava das regras da verdadeira poesia; mas todas as damas acharam os versos mui galantes. Maravilhavam-se de que um homem que tão bem manejava o arco tivesse tanto talento. A dama de honor da princesa disse-lhe:

– Quantas qualidades em pura perda! De que servirá a esse jovem o seu espírito e o arco de Belus?

– Servirá para que o admirem– retrucou a princesa.

– Ah!– disse a dama de honor entre dentes,– mais um madrigal, e ele será então amado.

Belus, no entanto, depois de consultar a seus magos, declarou que, visto que nenhum dos três reis pudera manejar o arco de Nemrod, nem por isso sua filha deveria deixar de casar-se e que pertenceria àquele que conseguisse abater o grande leão a que vinham tratando expressamente para isso. O rei do Egito, que fora educado com toda a sabedoria do seu país, achou que era muito ridículo expor um rei às feras para o casar. Confessava que a posse de Formosante era um grande prêmio; mas considerava que, se o leão o estraçalhasse, jamais poderia ele desposar essa bela babilônia. O rei das Índias foi do mesmo parecer que o egípcio; concluíram que o rei de Babilônia estava fazendo pouco de ambos; que era preciso mandar vir exércitos para o punirem; que tinham bastante súditos que se considerariam muito honrados de morrer a serviço de seus senhores, sem que isso custasse um fio de cabelo às suas sagradas cabeças; que facilmente destronariam o rei da Babilônia e em seguida tirariam à sorte a bela Formosante.

Feito esse acordo, os dois reis despacharam, cada um para o seu país, uma ordem expressa de reunir um exército de trezentos mil homens, a fim de raptar Formosante.

No entretanto, o rei dos citas desceu sozinho à arena, de cimitarra em punho. Não estava perdidamente arrebatado pelos encantos de Formosante; até então fora a glória a sua única paixão; ela o conduzira até Babilônia. Queria mostrar que, se os reis da Índia e do Egito eram bastante prudentes para que se comprometessem com feras, era ele bastante corajoso para não desdenhar esse combate, e que repararia a honra do diadema. Sua rara coragem não lhe permitiu ao menos que se servisse do seu tigre. Avança sozinho, levemente armado, com um capacete de aço guarnecido de ouro, ornado de três caudas de cavalo brancas como a neve.

Largam contra ele o maior leão que jamais se criou nas montanhas do Anti-Líbano. Suas terríveis garras pareciam capazes de estraçalhar os três reis ao mesmo tempo, e sua vasta goela de os devorar. Seus horrendos rugidos faziam reboar o anfiteatro. Os dois feros campeões precipitam-se um contra o outro a passo rápido. O corajoso cita mergulha a espada na boca do leão; mas a lâmina, encontrando um desses espessos dentes que nada pode atravessar, quebra-se em estilhaços, e o monstro das florestas, furioso com o seu ferimento, já imprimia as unhas sangrentas nos flancos do monarca.

O jovem desconhecido, penalizado com o perigo de tão bravo príncipe, lança-se na arena mais rápido que um relâmpago; corta a cabeça do leão com a mesma destreza com que, em nossos carrosséis, juvenis cavaleiros arrebatam cabeças de mouros ou anéis.

Depois, tirando uma pequena caixa, apresenta-a ao rei cita, dizendo-lhe:

–Vossa Majestade encontrará nesta caixinha o verdadeiro ditamno, que cresce na minha terra. Vossos gloriosos ferimentos ficarão curados num instante. Só o acaso vos impediu de triunfar do leão; nem por isso é menos admirável a vossa coragem.

O rei cita, mais sensível ao reconhecimento que ao ciúme, agradeceu a seu salvador e, depois de tê-lo abraçado efusivamente, recolheu-se para aplicar o ditamno nos ferimentos.

O desconhecido entregou a cabeça do leão a seu valete; este, depois de a lavar na grande fonte abaixo do anfiteatro e de lhe escorrer todo o sangue, tirou um ferro de seu pequeno saco, arrancou os quarenta dentes do leão, e pôs em seu lugar quarenta diamantes de igual tamanho.

Seu senhor, com a costumeira modéstia, voltou para o seu lugar; e entregou a cabeça do leão ao pássaro.

– Belo pássaro– disse ele,– vai depor aos pés de Formosante esta singela homenagem.

O pássaro voa, carregando numa das garras o terrível troféu; apresenta-o à princesa, baixando humildemente o pescoço e prosternando-se ante ela. Os quarenta brilhantes deslumbraram todos os olhos. Ainda não se conhecia tal magnificência na soberba Babilônia: a esmeralda, o topázio, a safira, o piropo ainda eram considerados como os mais preciosos ornamentos. Belus e toda a Corte estavam cheios de admiração. Mais ainda os surpreendeu o pássaro que oferecia aquele presente. Era do talhe de uma águia, mas os seus olhos eram tão suaves e ternos quanto os da águia são altivos e ameaçadores. Seu bico era cor-de-rosa e parecia ter algo da linda boca de Formosante. Seu pescoço reunia todas as cores do arco-íris, porém mais vivas e brilhantes. Em nuanças infinitas, brilhava-lhe o ouro na plumagem. Seus pés pareciam uma mescla de prata e púrpura; e a cauda dos belos pássaros que atrelaram depois ao carro de Juno não tinham comparação com a sua. A atenção, a curiosidade, o espanto, o êxtase de toda a Corte dividiam-se entre os quarenta diamantes e o pássaro. Pousara este na balaustrada, entre Belus e a sua filha Formosante; ela falava-lhe, acariciava-o, beijava-o. Ele parecia receber suas carícias com um prazer mesclado de respeito. Quando a princesa lhe dava beijos, o pássaro lhos devolvia e olhava-a em seguida ternamente. Recebia dela biscoitos e pistaches, que apanhava com a sua pata purpúrea e argentada e levava ao bico com inexprimível graça.

Belus, que considerava atentamente os diamantes, achava que toda uma das suas províncias mal daria para pagar tão rico presente. Mandou que preparassem para o desconhecido oferendas ainda mais magníficas do que as que estavam destinadas aos três monarcas. "Esse jovem dizia ele consigo– deve ser filho do rei da China, ou dessa parte do mundo que chamam Europa, de que ouvi falar, ou da África que é, dizem, vizinha do reino do Egito".

Mandou imediatamente o escudeiro-mor cumprimentar o desconhecido e perguntar-lhe se era ele soberano de algum daqueles impérios e por que, possuindo tão espantosos tesouros, viera apenas com um valete e com um pequeno saco.

Enquanto o escudeiro-mor avançava pelo anfiteatro para desincumbir-se da sua missão, chegou outro valete montado num unicórnio, e que assim se dirigiu ao jovem:

– Ormar, vosso pai está para morrer, e eu vim avisar-vos.

O desconhecido ergueu os olhos ao céu, derramou algumas lágrimas e só pronunciou esta palavra:

– Partamos.

O escudeiro-mor, depois de haver apresentado os cumprimentos de Belus ao vencedor do leão, ao doador dos quarenta diamantes, ao dono do belo pássaro, perguntou ao valete de que reino era soberano o pai daquele jovem herói.

O valete respondeu:

– Seu pai é um velho pastor que é muito estimado no cantão.

Durante esse curto diálogo, o desconhecido já montara no seu unicórnio. Disse ao escudeiro-mor:

– Senhor, dignai-vos pôr-me aos pés de Belus e de sua filha. Ouso suplicar à princesa que tenha o maior cuidado com o pássaro que eu lhe deixo; ele é único como ela.

Dizendo tais palavras, partiu como um relâmpago; os dois valetes o seguiram; e perderam-nos de vista.

Formosante não pôde deixar de soltar um grande grito. O pássaro, voltando-se para o anfiteatro onde estivera sentado o seu dono, pareceu muito aflito de não mais o ver. Depois, fitando fixamente a princesa e esfregando suavemente o bico na sua linda mão, pareceu significar-lhe que se votava a seu serviço.

Belus, mais espantado do que nunca, ao saber que aquele jovem tão extraordinário era filho de um pastor, não pôde acreditá-lo. Mandou que os seguissem; mas logo lhe vieram dizer que os unicórnios nos quais corriam aqueles três homens não podiam ser alcançados e que, pelo galope em que iam, deviam fazer cem léguas por dia.

CAPÍTULO II

Todos, discutiam aquele estranho caso e perdiam-se em vis conjeturas. Como é que o filho de um pastor pode presentear quarenta enormes diamantes? Por que anda montado num unicórnio? Ninguém atinava com coisa alguma, e Formosante, acariciando o seu pássaro, achava-se mergulhada em profunda cisma.

A princesa Aldéia, sua prima em segundo grau, que era muito bem feita e quase tão bela quanto Formosante, lhe disse:

– Não sei, minha prima, se esse jovem semideus é filho de um pastor; mas parece-me que preencheu todas as condições para o casamento. Manobrou o arco de Nemrod, venceu o leão, tem bastante talento, pois te compôs um lindo improviso. Depois dos quarenta enormes diamantes que te deu, não podes negar que seja o mais generoso dos homens. Possuía, com o seu pássaro, o que há de mais raro na face da terra. Sua virtude não tem igual, pois, podendo permanecer perto de ti, partiu sem hesitação logo que soube que o pai estava doente. O oráculo está cumprido em todos os pontos, exceto no que exige que vença a seus rivais; mas ele fez mais, salvou a vida do único concorrente a quem podia temer; e, quando se tratar de bater os dois outros, creio que não duvidarás que o consiga facilmente.

– Tudo o que dizes é verdade – respondeu Formosante.– Mas será possível que o maior dos homens, e talvez o mais amável, seja filho de um pastor?

A dama de honor, metendo-se na conversa, disse que muitas vezes essa palavra pastor era aplicada aos reis; que os chamavam de pastores, porque eles tosquiam seu rebanho; que fora certamente um duvidoso gracejo do seu valete; que aquele jovem herói viera tão mal acompanhado apenas para mostrar o quanto o seu mérito estava acima do fausto dos reis, e para não dever Formosante senão a si mesmo. A princesa só respondeu dando mil carinhosos beijos no seu pássaro.

Entrementes, preparava-se um grande festim para os três reis e para todos os príncipes que tinham comparecido à festa. A filha e a sobrinha do rei deviam fazer-lhes as honras. Traziam para os reis presentes dignos da magnificência de Babilônia. Belus, enquanto não serviam, reuniu o conselho, para tratar do casamento da bela Formosante, e assim falou como grande político:

— Estou velho, não sei mais que fazer, nem a quem dar minha filha. Aquele que a merecia não passa de um vil pastor. O rei das Índias e o do Egito são uns poltrões; o rei dos citas me conviria bastante, mas não satisfez nenhuma das condições impostas. Enquanto isto, deliberai, e nós concluiremos de acordo com o que disser o oráculo; pois um rei não se deve conduzir senão por ordem expressa dos deuses imortais.

Dirige-se então à sua capela; o oráculo responde-lhe em poucas palavras, segundo o seu costume: Tua filha só se casará depois que houver saído a correr mundo. Belus, atônito, volta ao conselho e comunica tal resposta.

Todos os ministros votavam profundo respeito aos oráculos; todos convinham, ou fingiam convir, em que os oráculos eram o fundamento da religião; que a razão deve calar-se diante deles; que é por eles que os reis governam os povos, e os magos os reis; que, sem os oráculos, não haveria nem virtude nem descanso na terra. Enfim, após haver testemunhado a mais profunda veneração pelos oráculos, quase todos concluíram que aquele era impertinente e não se lhe devia obedecer; que nada era mais indecente para uma moça, e sobretudo para a filha do grande rei de Babilônia, sair a vaguear sem saber por onde; que esse era o verdadeiro meio de não casar, ou de fazer um casamento clandestino, vergonhoso e ridículo; que, numa palavra, esse oráculo não tinha senso comum.

O mais jovem dos ministros, chamado Onadase, que tinha mais espírito do que eles, disse que o oráculo queria significar, sem dúvida, alguma peregrinação religiosa, e que ele se oferecia para ser o condutor da princesa. O conselho concordou, mas cada qual queria servir de escudeiro. O rei decidiu que a princesa poderia ir a trezentas parasangas, no Caminho da Arábia, a um templo cujo padroeiro tinha reputação de conseguir bons casamentos para as moças, e que seria o deão do conselho quem a acompanharia. Depois dessa decisão, foram todos cear.

CAPÍTULO III

Em meio dos jardins, entre duas cascatas, elevava-se um salão oval de trezentos pés de diâmetro, cuja abóbada de lápislazúli, semeada de estrelas de ouro, representava todas as constelações com os planetas, cada qual no seu verdadeiro lugar, e essa abóbada girava como o céu, por meio de máquinas tão invisíveis como aquelas que dirigem os movimentos celestes. Cem mil archotes, encerrados em cilindros de cristal de rocha, alumiavam o exterior e o interior da sala de jantar. Um aparador em degraus sustentava vinte mil vasos ou pratos de ouro; e defronte ao aparador havia outros degraus repletos de músicos. Dois outros anfiteatros se achavam carregados, um com os frutos de todas as estações, o outro de ânforas de cristal onde brilhavam todos os vinhos da terra.

Os convivas acomodaram-se em torno à mesa, cujos assentos eram separados por grinaldas de pedras preciosas, que figuravam flores e frutos. A bela Formosante foi colocada entre o rei das Índias e o do Egito, a bela Aldéia perto do rei dos citas. Havia cerca de trinta príncipes e cada um deles se achava ao lado de uma das mais belas damas do palácio. O rei de Babilônia, ao centro, defronte à filha, parecia dividido entre o pesar de não a ter casado e o prazer de ainda a conservar consigo. Formosante pediu licença para ficar com o pássaro a seu lado, na mesa, o que o rei achou muito bem.

A música, que começou a tocar, deu a cada príncipe inteira liberdade para entreter a sua vizinha. O festim pareceu tão agradável quão magnífico. Tinham posto diante de Formosante um petisco que o rei seu pai muito apreciava. A princesa disse que o deviam levar a Sua Majestade. E imediatamente o pássaro se apodera do prato, com maravilhosa destreza, e vai apresentá-lo ao rei. Nunca se espantaram tanto numa ceia. Belus fez-lhe tantas carícias quanto a filha. O pássaro retomou em seguida o voo, a fim de voltar para junto desta. Desenrolava, assim, tão linda cauda, suas asas distendidas ostentavam tão brilhantes cores, tamanho fulgor lançava o ouro da sua plumagem, que todos os olhos só se fixavam nele. Todos os músicos cessaram de tocar e permaneceram imóveis. Ninguém comia, ninguém falava, só se ouvia um murmúrio de admiração. A princesa de Babilônia beijou-o durante toda a ceia, sem ao menos pensar que havia reis neste mundo. O das Índias e do Egito sentiram redobrar seu despeito e indignação, e cada qual prometeu a si mesmo apressar a marcha de seus trezentos mil homens, para uma boa vingança.

Quanto ao rei dos citas, estava ocupado em conversar com a bela Aldéia: seu coração altivo, desprezando sem despeito as desatenções de Formosante, concebera por ela mais indiferença que cólera.

–Ela é bonita, confesso-o dizia ele.– Mas me parece dessas mulheres que só se ocupam com a sua beleza, e que pensam que o gênero humano lhes deve ficar muito agradecido quando se dignam deixar-se ver em público. Não se adoram ídolos no meu país. Eu preferia uma feiosa amável e prestativa, a essa bela estátua. Quanto à senhora, tem tantos encantos como Formosante, e ao menos se digna conversar com os estrangeiros. Confesso-lhe, com a franqueza de um cita, que prefiro a senhora à sua prima.

Enganava-se, contudo, a respeito do caráter de Formosante: ela não era tão desdenhosa como parecia; mas o cumprimento do rei foi muito bem recebido pela princesa Aldéia. A conversa de ambos tornou-se muito interessante: estavam muito satisfeitos e já seguros um do outro quando se levantaram da mesa.

Após a ceia, foram passear pelos bosques. O rei dos citas e Aldéia não deixaram de procurar um recanto solitário. Aldéia, que era a franqueza em pessoa, assim falou àquele príncipe:

– Não odeio a minha prima, embora seja mais bonita do que eu e esteja destinada ao trono de Babilônia: a honra de vos agradar me serve de atrativos. Prefiro a Cítia convosco à coroa de Babilônia sem vós; mas essa coroa me pertence de direito, se há direitos no mundo: pois sou do ramo mais antigo de Nemrod, e Formosante do mais novo. Seu avô destronou o meu e fê-lo morrer.

– Tal é então a força do sangue na casa de Babilônia! – disse o cita. – Como se chamava o vosso avô?

– Chamava-se Aldéia como eu. Meu pai tinha o mesmo nome; foi relegado para os confins do império, com a minha mãe; e Belus, após a morte deles, nada temendo de mim, resolveu educar-me junto com a sua filha. Mas decidiu que eu jamais me casasse.

– Quero vingar vosso pai, e vosso avô, e a vós – disse o rei dos Citas. – Garanto-vos que casareis; virei raptar-vos depois de amanhã, pela madrugada, pois amanhã devo jantar com o rei de Babilônia, e voltarei para sustentar vossos direitos com um exército de trezentos mil homens.

– Muito o desejo – disse a bela Aldéia. E, após haverem trocado sua palavra, separaram-se.

Fazia muito que a incomparável Formosante fora deitar-se. Mandara colocar junto ao leito uma pequena laranjeira num vaso de prata, para que o seu pássaro ali repousasse. Os cortinados estavam fechados, mas a princesa não tinha nenhuma vontade de dormir. Seu coração e sua imaginação se achavam demasiado alerta para isso, o encantador desconhecido estava diante de seus olhos; via-o disparar uma flecha com o arco de Nemrod; via-o cortar a cabeça do leão; ela recitava o seu madrigal; via-o enfim escapar-se da multidão, montado no seu unicórnio; então rebentava em soluços e exclamava entre lágrimas:

— Nunca mais o verei. Ele não voltará.

— Voltará, senhora – respondeu-lhe o pássaro, do alto da sua laranjeira. – Pode-se acaso tê-la visto sem tornar a vê-la?

— O céus! ó eternas potências! o meu pássaro fala puro caldaico!

Dizendo tais palavras, ela abre os cortinados, estende-lhe os braços, põe-se de joelhos no leito:

— Serás um deus descido à terra? Serás o grande Orosmade oculto sob essa bela plumagem? Se és um deus, restitui-me aquele lindo jovem.
— Eu não sou mais que um volátil – replicou o outro. – Mas nasci no tempo em que todos os animais ainda falavam e em que os pássaros, as serpentes, as mulas, os cavalos e os grifos conversavam familiarmente com os homens. Não quis falar diante das outras pessoas, de medo que as suas damas de honor me tomassem por um feiticeiro: só quero entender-me com Vossa Alteza.

Formosante, interdita, aturdida, ébria de tantas maravilhas, agitada da impaciência de fazer mil perguntas ao mesmo tempo, indagou primeiro que idade tinha ele.

— Vinte e sete mil e novecentos anos e seis meses, Alteza. Sou do tempo da pequena revolução celeste que os vossos magos chamam a precessão dos equinócios e que se cumpre em cerca de vinte e oito mil de vossos anos. Há revoluções infinitamente mais longas, de modo que temos criaturas muito mais velhas do que eu. Faz vinte e dois mil anos que aprendi caldaico em uma de minhas viagens. Sempre conservei muito gosto pela língua caldaica, mas os outros animais meus confrades desistiram de falar sob os vossos climas.

— E por que isso, meu divino pássaro?

— Ai! é porque os homens adquiriram por fim o hábito de nos comerem, em vez de conversar e instruir-se conosco. Bárbaros! Não deviam estar convencidos de que, tendo os mesmos órgãos que eles, os mesmos sentimentos, as mesmas necessidades, os mesmos desejos, tínhamos o que se chama uma alma, exatamente como eles, e que só deviam cozinhar e comer aos maus? E tanto somos vossos irmãos, que o grande Ser, o Ser eterno e criador, quando fez um pacto com os homens[1], nos incluiu expressamente no tratado. Ele proibiu que vos alimentásseis de nosso sangue, e a nós que sugássemos o vosso.

---

1. Vide o capítulo 9 do Gênesis e os capítulos 3, 18 e 19 do Eclesiastes

As fábulas de vosso antigo Locman, traduzidas em tantas línguas, serão um testemunho eternamente válido das felizes relações que outrora mantivestes conosco. Todas começam por estas palavras: No tempo em que os animais falavam... É verdade que há entre vós muitas mulheres que continuam falando a seus cães; mas estes resolveram não responder, desde que os forçaram, a rêlho, a ir à caça ser cúmplices do morticínio de nossos velhos amigos comuns, os cervos, os gamos, as lebres e as perdizes.

Tendes ainda antigos poemas nos quais os cavalos falam. E todos os dias os vossos cocheiros lhes dirigem a palavra, mas fazem-no com tamanha grosseria e pronunciando palavras tão infames, que os cavalos, que tanto vos amavam outrora, hoje vos detestam.

O país onde mora o seu encantador desconhecido, o mais perfeito dos homens, é o único em que a sua espécie ainda sabe amar a nossa e falar-lhe; e é a única região da terra onde os homens são justos.

– E onde é esse país de meu caro desconhecido? Qual é o nome desse herói? Como se chama o seu Império? Pois já não creio agora que ele seja um pastor como não creio que sejas um morcego.

– O seu país, Alteza, é o dos gangáridas, povo virtuoso e invencível que habita a margem esquerda do Ganges. O nome de meu amigo é Amazan. Não é rei, e mesmo não sei se ele se baixaria a sê-lo; ama muito a seus compatriotas: é pastor como eles. Mas não vá imaginar que esses pastores se assemelham aos vossos, que, mal cobertos de trapos rotos, guardam ovelhas infinitamente mais bem vestidas do que eles; que gemem sob o fardo da pobreza; e pagam a um exator metade do pífio salário que recebem dos amos. Os pastores gangáridas nascidos todos iguais, são donos de inumeráveis rebanhos que cobrem os seus prados eternamente em flor. Não os carneiam nunca; constitui ali um crime horrível matar e comer a seu semelhante. Sua lã, mais fina e brilhante que a mais bela seda, é o maior comércio do Oriente. Aliás, a terra dos gangáridas produz tudo o que pode contentar os desejos dos homens. Esses grandes diamantes que Amazan teve a honra de lhe oferecer são de uma mina da sua propriedade, O unicórnio que Vossa Alteza o viu cavalgar é a montaria comum dos gangáridas. É o mais belo, o mais altivo, o mais terrível e o mais dócil animal que orna a terra. Bastaria cem gangáridas e cem unicórnios para debandar exércitos inumeráveis. Há cerca de dois séculos, um rei das Índias foi bastante louco para querer conquistar aquela nação: apresentou-se seguido de dez mil elefantes e de um milhão de guerreiros. Os unicórnios atravessaram os elefantes tal como vi, na sua mesa, cotovias enfiadas em espetos de ouro. Os guerreiros tombavam debaixo do sabre dos gangáridas, como as searas de arroz ceifadas pelos orientais. O rei foi feito prisioneiro, com mais de seiscentos mil homens. Banharam-no nas águas salutares do Ganges; submeteram-no ao regime do país, que consiste em comer apenas os vegetais prodigalizados pela natureza para alimentar a tudo o que respira. Os homens que comem carne e tomam beberagens fortes têm todos um sangue azedo e adusto, que os torna loucos de mil maneiras diferentes. Sua principal demência se manifesta na fúria de derramar o sangue de seus irmãos e devastar terras férteis, para reinarem sobre cemitérios. Levaram seis meses inteiros para curar da sua enfermidade ao rei das Índias. Quando julgaram os médicos que ele tinha o pulso mais tranquilo e o espírito mais assentado, apresentaram o competente certificado ao conselho dos gangáridas. Esse conselho, depois de ouvir a opinião dos unicórnios, mandou humanamente de volta ao seu país o rei das Índias, e mais a sua tola Corte e os seus imbecis guerreiros. Tal lição os tornou sensatos e, desde essa época, os indianos têm respeitado os gangáridas, como os ignorantes que desejam instruir-se respeitam, entre vós, os filósofos caldeus, a que não podem igualar-se.

– A propósito, meu querido pássaro – Indagou a princesa, – há uma religião entre os gangáridas?

– Se há uma religião? Todos os dias de lua cheia, nós nos reunimos para dar graças a Deus, os homens num grande templo de cedro, as mulheres em outro, para evitar distrações, bem como todos os pássaros num bosque, e os quadrúpedes num belo prado. Agradecemos a Deus todos os bens que nos proporcionou. Temos principalmente papagaios, que pregam às mil maravilhas.

Tal é a pátria do meu caro Amazan, é lá que eu resido; tanta amizade dedico a Amazan quanto amor ele inspirou a Vossa Alteza. Por vontade minha, partiríamos juntos agora, e a princesa lhe pagaria a visita.

– Bela ocupação a tua, meu querido pássaro – respondeu, sorrindo, a princesa, que ardia de desejos de fazer a viagem, e não ousava confessá-lo.

– Eu sirvo a meu amigo – disse o pássaro – e, depois da felicidade de vos amar, a maior é a de servir a vossos amores.

Formosante não sabia mais onde se achava; julgava-se transportada além da terra. Tudo o que tinha visto naquele dia, tudo o que via, tudo o que ouvia, e principalmente o que sentia no coração, mergulhava-a numa embriaguez que ultrapassava de muito ao que sentem hoje os felizes muçulmanos quando, desenvencilhados de seus bens terrenos, se veem no nono céu entre os braços das suas huris, cercados e penetrados da glória e da felicidade celestiais.

CAPÍTULO IV

Passou a noite inteira a falar de Amazan. Não o chamava senão de seu pastor; é desde esse tempo que os nomes de pastor e enamorado são sempre empregados um pelo outro em algumas nações. Ora perguntava ao pássaro se Amazan tivera outras amadas. Este respondia que não, e ela sentia-se no auge da alegria. Ora queria saber como passava ele a vida, e ouvia, transportada, que a empregava a fazer o bem, a cultivar as artes, a penetrar os segredos da natureza, e a aperfeiçoar o espírito. Ora queria saber se a alma de seu pássaro era da mesma natureza que a de seu amado; por que vivera o primeiro cerca de vinte e oito mil anos, ao passo que o último não tinha mais que dezoito ou dezenove. Fazia mil perguntas semelhantes, às quais o pássaro respondia com uma discrição que lhe espicaçava a curiosidade. Afinal o sono lhes fechou os olhos e entregou Formosante à doce ilusão dos sonhos enviados pelos deuses, que ultrapassam às vezes a própria realidade, e que toda a filosofia dos caldeus tem tanto trabalho em interpretar.

Formosante acordou-se muito tarde. Para ela ainda era cedo, quando o pai entrou no seu quarto. O pássaro recebeu Sua Majestade com respeitosa polidez, foi ao seu encontro, ruflou as asas, alongou o pescoço, e voltou para a sua laranjeira. O rei sentou-se no leito da filha, a quem os sonhos haviam tornado ainda mais bela. Sua grande barba branca aproximou-se daquele lindo rosto e, depois de lhe dar dois beijos, ele lhe falou nos seguintes termos:

– Ontem, minha filha, não pudeste achar um marido como eu desejava; no entanto, precisas de um; assim o exige o futuro do Império. Consultei o oráculo, que, como bem sabes, não mente nunca e dirige todos os meus atos. Ele me ordenou que te fizesse correr mundo. É preciso que viajes.

– Ah! Até aos gangáridas, com certeza! – exclamou Formosante, que, enquanto deixava escapar tais palavras, compreendeu a sua tolice. O rei, que nada sabia de geografia, perguntou o que entendia ela por gangáridas. Ela logo achou uma saída. O rei comunicou-lhe que era preciso fazer uma peregrinação; que já nomeara, para a sua comitiva, o decano dos conselheiros de Estado, o esmoler-mor, uma dama de honor, um médico, um boticário, e o seu pássaro, com toda a criadagem necessária. Formosante, que jamais saíra do palácio do rei seu pai, e que, até a chegada dos três reis e de Amazan, levara uma vida muito insípida na etiqueta do fausto e na aparência dos prazeres, ficou encantada com a peregrinação em vista. "Quem sabe – dizia ela baixinho ao seu coração – se os deuses não inspirarão ao meu querido gangárida o mesmo desejo de ir à mesma capela, e se não terei a felicidade de rever o peregrino?"

Agradeceu carinhosamente ao pai, dizendo que sempre tivera secreta devoção pelo santo ao qual a enviavam.

Belus ofereceu um excelente almoço a seus hóspedes; só compareceram homens. Era tudo gente que não combinava: reis, príncipes, ministros, pontífices, todos ciumentos uns dos outros, todos a pesarem suas palavras, todos embaraçados com os vizinhos e consigo mesmos. A refeição foi triste, embora bebessem muito. As princesas ficaram nos seus aposentos, ocupadas com a partida. Comeram a sós. Formosante foi em seguida passear pelos jardins com o seu querido pássaro que, para a distrair, voava de árvore em árvore, ostentando a sua soberba cauda e a sua divina plumagem.

O rei do Egito, que estava bastante animado pelo vinho, para não dizer bêbedo, pediu um arco e flechas a um dos pajens. Esse príncipe era na verdade o mais desajeitado arqueiro do seu reino. Quando atirava ao alvo, o lugar onde se estava mais seguro era o ponto que ele visava. Mas o belo pássaro, voando tão rápido como a flecha, apresentou-se por si mesmo ao tiro, e tombou ensanguentado entre os braços de Formosante. O egípcio retirou-se, a rir tolamente. A princesa feria o céu com os gritos, chorava, lanhava as faces e o peito. O pássaro moribundo disse-lhe baixinho: "Queima-me, e não deixes de levar minhas cinzas para a Arábia Feliz, a leste da antiga cidade de Aden ou Éden, e expô-las ao sol sobre uma pequena fogueira de cravo e canela". Dito isto, expirou. Formosante permaneceu por muito tempo sem sentidos, e só voltou a si para romper em soluços. O pai, partilhando da sua dor, e soltando imprecações contra o rei do Egito, não teve dúvida em que aquele caso anunciava um sinistro futuro. Foi logo consultar o oráculo da sua capela. O oráculo respondeu:

Mistura de tudo; morto vivo, infidelidade e constância, perda e ganho, calamidade e ventura. Nem o rei nem seu conselho nada puderam entender daquilo; mas ele afinal estava satisfeito de haver cumprido com os seus deveres religiosos.

Enquanto o rei consultava o oráculo, a princesa, desolada, mandou prestar ao pássaro as honras fúnebres que ele ditara, e resolveu levá-lo para a Arábia, com perigo da própria vida. O pássaro foi queimado em linho incombustível, juntamente com a laranjeira em que pousara. Formosante recolheu-lhe as cinzas em um pequeno vaso de ouro todo cravejado de carbúnculos e brilhantes retirados da boca do leão. Pudesse ela, em vez de cumprir esse fúnebre dever, queimar vivo o detestável rei do Egito! esse era todo o seu desejo. No seu despeito, mandou matar os seus dois crocodilos, os seus dois hipopótamos, as suas duas zebras, os seus dois ratos, e mandou lançar as suas duas múmias no Eufrates; se tivesse à mão o boi Apis, não o teria poupado.

O rei do Egito, furioso com tal afronta, partiu imediatamente para movimentar seus trezentos mil homens. O rei das Índias, vendo partir o seu aliado, regressou no mesmo dia, no firme propósito de juntar seus trezentos mil indianos ao exército egípcio. O rei da Cítia fugiu de noite com a princesa Aldéia, firmemente resolvido a combater por ela à frente de trezentos mil citas, e restituir-lhe a herança de Babilônia, que lhe era devida, por descender do ramo mais antigo.

Por seu lado, a bela Formosante pôs-se a caminho às três horas da madrugada, com a sua caravana de peregrinos, esperando poder ir à Arábia executar os últimos desejos de seu pássaro, e que a justiça dos deuses imortais lhe devolvesse o seu querido Amazan, sem o qual ela já não podia viver.

Assim, ao despertar, o rei da Babilônia não encontrou mais ninguém. "Como terminam as grandes festas! – dizia ele consigo. – E que espantoso vácuo nos deixam na alma, depois de passada a sua animação!" Mas foi acometido de uma cólera verdadeiramente real quando soube que haviam raptado a princesa Aldéia. Deu ordem para que despertassem a todos os seus ministros e se reunisse o conselho. Enquanto os esperava, não deixou de ir consultar o seu oráculo, mas só lhe pôde arrancar estas palavras, tão famosas depois, no universo inteiro: Quando não casam as moças, elas mesmas se casam.

Logo foi expedida ordem de marcharem trezentos mil homens contra o rei dos citas. Eis, pois, deflagrada de todos os lados a mais terrível das guerras e que foi ocasionada pela mais bela festa que já se deu no mundo. A Ásia ia ser assolada por quatro exércitos de trezentos mil combatentes cada um. Bem se vê que a guerra de Tróia, que estarreceu o mundo alguns séculos depois, não passava, em comparação, de um brinquedo de criança; mas deve-se considerar que, na disputa dos troianos, apenas se tratava de uma mulher já velha e muito libertina que se fizera raptar duas vezes, ao passo que ora se trata de duas moças e um pássaro.

O rei das Índias ia esperar seu exército na grande e magnífica estrada que se dirigia, numa reta, de Babilônia a Caxemira. O rei dos citas corria com Aldéia pela bela estrada que levava ao monte Imaús. Todos esses caminhos desapareceram depois, devido à má administração. O rei do Egito marchara para o ocidente, e costeava o pequeno mar Mediterrâneo, que os ignorantes hebreus chamaram depois o grande mar.

Quanto à bela Formosante, seguia a estrada de Baçorá, bordada de altas palmeiras que forneciam uma sombra eterna e frutas em todas as estações. O templo aonde ia em peregrinação situava-se na própria Baçorá. O santo a quem fora dedicado o templo era mais ou menos à moda, daquele que adoraram depois em Lâmpsaco. Não só conseguia marido para as moças, mas muitas vezes fazia papel de marido. Era o santo mais festejado de toda a Ásia.

Formosante não se preocupava absolutamente com o santo de Baçorá; só invocava o seu caro pastor gangárida, o seu belo Amazan. Contava embarcar em Baçorá para a Arábia, a fim de fazer o que o pássaro lhe ordenara.

Na terceira pousada, mal entrara numa hospedaria onde os seus furriéis lhe haviam preparado tudo, soube que o rei do Egito ali também chegava. Informado, por seus espiões, da marcha da princesa, mudara imediatamente de caminho, seguido de numerosa escolta. Chega; manda colocar sentinelas em todas as portas; entra no quarto da bela Formosante e diz-lhe:

— Jovem, era a ti mesma que eu buscava; fizeste pouco de mim quando eu estava em Babilônia; é justo punir as desdenhosas e as caprichosas: vais ter a amabilidade de cear comigo esta noite; não terás outro leito senão o meu, e eu me conduzirei contigo como bem me aprouver. Formosante compreendeu que não era a mais forte; sabia que o bom senso consiste em conformar-se com a situação; tomou o partido de livrar-se do rei do Egito por meio de uma inocente esperteza; olhou-o com o rabo do olho, o que vários séculos depois se chamou namorar; e eis como lhe falou, com uma modéstia, uma graça, uma doçura, um embaraço e uma multidão de encantos que teriam enlouquecido o mais sábio dos homens e cegado o mais clarividente:

— Confesso, senhor, que sempre baixei os olhos perante vós quando destes ao rei meu pai a honra de ir a seu palácio. Temia o meu coração, temia a minha ingênua simplicidade: temia que meu pai e vossos rivais se apercebessem da preferência que eu vos concedia e tanto merecíeis. Posso agora entregar-me a meus sentimentos. Juro pelo boi Apis, que é, depois de vós, o que mais respeito no mundo, que as vossas propostas me encantaram. Já ceei convosco no palácio de meu pai; e de novo o farei, sem a sua presença; só o que peço é que o vosso esmoler-mor beba conosco; pareceu-me em Babilônia um esplêndido conviva; tenho excelente vinho de Chiraz, quero que ambos o experimentem. Quanto à vossa segunda proposta, é muito tentadora, mas não convém, a uma moça bem nascida, falar em tais coisas; baste-vos saber que eu vos considero como o maior dos reis e o mais amável dos homens. Essa fala virou a cabeça do rei do Egito; concordou em que o esmoler-mor fosse o terceiro à mesa.

— Desejo ainda outro favor— disse-lhe a princesa.— É uma permissão vossa para que o meu boticário venha falar-me; as moças sempre têm certos pequenos incômodos, que demandam certos cuidados, como tonturas, palpitações, cólicas, faltas de ar, em que é preciso pôr certa ordem em certas circunstâncias; numa palavra, tenho urgente necessidade de meu boticário, e espero que não me recusareis essa pequena demonstração de amor.

— Senhorita — respondeu-lhe o rei do Egito,— embora um boticário tenha ideias exatamente opostas às minhas, e o objeto de sua arte seja o contrário do de minha arte, sou bastante complacente para não recusar tão justo pedido. Vou ordenar que ele venha falar-te enquanto se prepara a ceia. Compreendo que devas estar um pouco fatigada da viagem; deves também ter necessidade de uma criada de quarto; podes mandar chamar a que melhor te agrade; aguardarei em seguida as tuas ordens.

Ele retirou-se; chegaram o boticário e a criada de quarto, chamada Irla, na qual a princesa depositava inteira confiança. Ordenou-lhe que mandasse trazer seis garrafas de vinho de Chiraz para a ceia e servisse outras tantas às sentinelas que vigiavam a seus oficiais. Recomendou ao boticário que metesse em todas as garrafas certas drogas da sua farmácia, que faziam dormir vinte e quatro horas, e de que ele estava sempre munido. Foi estritamente obedecida. Ao cabo de meia hora, voltou o rei com o esmoler-mor: a ceia foi muito alegre; o rei e o sacerdote esvaziaram as seis garrafas e confessaram que não havia um vinho igual no Egito; a camareira teve o cuidado de dar de beber aos criados que haviam servido. Quanto à princesa, absteve-se de beber, dizendo que o seu médico a pusera em regime. Em breve estavam todos adormecidos.

O esmoler do rei do Egito tinha a mais bela barba que pudesse carregar um homem da sua condição. Formosante cortou-a habilmente; depois, mandando-a coser a uma fita, amarrou-a ao próprio queixo, envergou a túnica do sacerdote, sem esquecer as insígnias da sua dignidade, e vestiu a camareira de sacristã da deusa Isis. Tomando, enfim, a urna e as pedras preciosas, saiu da hospedaria por entre os guardas, que dormiam, como o seu senhor. A camareira tivera o cuidado de deixar dois cavalos selados à porta. Não podia a princesa levar consigo nenhum dos oficiais da sua comitiva: pois teriam sido presos pela guarda.

Formosante e Irla passaram por entre as fileiras dos soldados que, tomando a princesa pelo grão-Sacerdote, a chamavam de Meu Reverendíssimo Pai em Deus e lhe pediam a bênção. As duas fugitivas chegam em vinte e quatro horas a Baçorá, antes que o rei houvesse despertado. Deixaram então os disfarces, que poderiam despertar suspeitas. Fretaram imediatamente um navio que as levou, pelo estreito de Ormuz, às belas ribas do Éden, na Arábia Feliz. Desse Éden, cujos jardins eram tão famosos, foi que se fez depois a morada dos justos: foram o modelo dos Campos Elísios, dos jardins das Hespérides e dos das Ilhas Afortunadas; pois, naqueles climas quentes, não imaginam os homens maior beatitude que as sombras e o murmúrio das águas. Viver eternamente com o Ser Supremo, ou ir passear pelo jardim no paraíso, dava no mesmo para os homens, que falam sempre sem entender-se e ainda não puderam ter ideias nítidas nem expressões justas.

Logo que ali se encontrou, o primeiro cuidado da princesa foi prestar ao seu querido pássaro as honras fúnebres que este lhe exigira. Suas belas mãos ergueram uma pira de cravo e canela. Qual não foi a sua surpresa quando, depois de espalhar sobre essa lenha as cinzas do pássaro, a viu acender-se por si mesma! Tudo se consumiu num instante. Só ficou, no lugar das cinzas, um grande ovo, de que viu sair o seu belo pássaro, mais esplêndido do que nunca. Foi o mais belo instante que a princesa experimentou em toda a vida; não havia senão outro que lhe pudesse ser mais caro: ela o desejava, mas não o esperava.

– Bem vejo – disse ela ao pássaro – que és a fênix de que tanto me haviam falado. Estou prestes a morrer de espanto e de alegria. Não acreditava na ressurreição; mas a minha ventura convenceu-me.

– A ressurreição, Alteza – disse-lhe a fênix, – é a coisa mais simples deste mundo. Não é mais surpreendente nascer duas vezes do que uma. Tudo é ressurreição no mundo; as lagartas ressuscitam em borboletas, uma semente ressuscita em árvore; todos os animais, sepultados na terra, ressuscitam em ervas, em plantas, e alimentam outros animais, de que vão constituir em breve uma parte da substância: todas as partículas que compunham os corpos são transformadas em diferentes seres. É verdade que sou o único a quem o poderoso Orosmade concedeu a graça de ressuscitar na sua própria natureza.

Formosante, que, desde o dia em que vira Amazan e a fênix pela primeira vez, passara as horas a espantar-se, disse-lhe:

– Compreendo muito bem que o Ser Supremo tenha podido formar das tuas cinzas uma fênix mais ou menos semelhante a ti; mas, que sejas precisamente o mesmo ser, que tenhas a mesma alma, é coisa que eu não compreendo claramente. Que era feito de tua alma, enquanto eu, te carregava no bolso, após a tua morte?

– O meu Deus, Alteza! Pois não é tão fácil, para o grande Orosmade, continuar a sua ação sobre uma pequena fagulha de mim mesma, como principiar essa ação? Ele me concedera, antes, o sentimento, a memória e o pensamento: ainda mos concede agora; que haja arrancado esse favor a um átomo de fogo elementar oculto em mim, ou ao conjunto de meus órgãos, isso no fundo nada quer dizer: as fênix e os homens sempre ignorarão como se passa a coisa; mas a maior graça que me concedeu o Ser Supremo foi a de fazer-me renascer para a Princesa.

– Minha fênix – tornou a princesa, – considera que as primeiras palavras que me disseste em Babilônia e que eu jamais esquecerei, me encheram da esperança de tornar a ver aquele pastor a quem idolatro; é preciso absolutamente partirmos para a terra dos gangáridas, para que eu o traga de volta a Babilônia.

– É também o meu desejo – disse a fênix. – Não há um momento a perder. É preciso ir buscar Amazan pelo caminho mais curto, isto é pelos ares. Há na Arábia Feliz dois grifos, meus amigos íntimos, que apenas moram a cinquenta léguas daqui: vou escrever-lhes pelos pombos-correios; eles chegarão antes do anoitecer. Teremos tempo suficiente para mandar fazer um pequeno canapé cômodo, com gavetas, onde colocar as provisões de boca. A princesa estará perfeitamente à vontade nessa viatura, com a sua camareira. Os dois grifos são os mais vigorosos da sua espécie; cada um segurará um dos braços do canapé entre as garras. Mas ainda uma vez: o tempo urge.

Foi imediatamente, com Formosante, encomendar o canapé a um marceneiro seu conhecido. Ficou pronto em quatro horas. Puseram nas gavetas pãezinhos da rainha, biscoitos melhores que os de Babilônia, cidras, ananases, cocos, pistaches e vinho do Éden, que está para o de Chiraz como o de Chiraz está acima do de Suresnes.
O canapé era tão leve quanto cômodo e sólido. Os dois grifos chegaram ao Éden na hora justa. Formosante e Irla acomodaram-se na viatura. Os dois grifos ergueram-na como uma pluma. A fênix ora voava à frente, ora se empoleirava no espaldar. Os dois grifos rumaram para o Ganges com a rapidez de uma flecha que fende os ares. Os viajantes só repousavam alguns momentos à noite, para comer, e para dar um trago aos dois carregadores.

Chegaram enfim à terra dos gangáridas. O coração da princesa palpitava de esperança, de amor e de alegria. A fênix faz parar a viatura defronte à casa de Amazan; pede para lhe falar; mas fazia três horas que ele partira, sem que ninguém soubesse aonde teria ido.

Não há, nem na própria língua dos gangáridas, uma palavra que possa exprimir o desespero de Formosante.
– Ai! Eis o que eu temia – disse a fênix.– As três horas que a princesa passou na hospedaria a caminho de Bacorá, com esse desgraçado rei do Egito, arrebataram talvez para sempre a felicidade de sua vida: tenho muito medo de havermos perdido Amazan irremediavelmente.

Perguntou então aos criados se se podia cumprimentar a senhora mãe de Amazan. Responderam que, havendo morrido o seu esposo na ante-véspera, não recebia ela ninguém. A fênix, que era muito considerada na casa, não deixou de fazer entrar a princesa de Babilônia em um salão cujas paredes eram revestidas de pau de laranjeira com filetes de marfim; os subpastores e subpastoras, em longas túnicas brancas com cintos cor de aurora, serviram-lhe, em cem travessas de simples porcelana, cem iguarias deliciosas, entre as quais não se via nenhum cadáver disfarçado: era arroz, sagu, sêmola, aletria, macarrão, omeletes, ovos com molho branco, queijos, massas de toda espécie, legumes, frutas de um perfume e de um sabor de que não se tem ideia em outros climas; e havia uma profusão de licores refrigerantes, superiores aos melhores vinhos.

Enquanto a princesa comia, estendida num leito de rosas, quatro pavões, felizmente mudos, a abanavam com suas brilhantes asas; duzentos pássaros, cem pastores e cem pastoras lhe deram um concerto de dois coros; os rouxinóis, os canários, as toutinegras, os tentilhões faziam soprano com as pastoras; os pastores faziam o contralto e o baixo: era em tudo a bela e simples natureza. A princesa confessou que, se havia mais magnificência em Babilônia, a natureza era mil vezes mais agradável entre os gangáridas; mas, enquanto lhe ofereciam aquela música tão consoladora e voluptuosa, derramava lágrimas e dizia à sua jovem companheira Irla:

– Esses pastores e pastoras, esses rouxinóis e canários, estão todos amando, enquanto me sinto privada do herói gangárida, digno objeto dos meus mais ternos e impacientes desejos.

Enquanto assim fazia a sua refeição, e admirava, e chorava, dizia a fênix à mãe de Amazan:

– Senhora, não podeis deixar de ver a princesa de Babilônia; bem sabeis que...

– Sei tudo – disse ela,– até a sua aventura na hospedaria da estrada de Baçorá; um melro me contou tudo esta manhã; e esse melro cruel foi o causante de que meu filho, desesperado, ficasse como louco e abandonasse a casa paterna.

– Não sabeis então – tornou a fênix – que a princesa me ressuscitou?

-Não, meu filho; pelo melro, sabia eu que estavas morto, o que me deixava inconsolável. Estava tão aflita com essa perda, com a morte de meu marido e a súbita partida de meu filho, que proibira toda e qualquer visita. Mas, já que a princesa de Babilônia me dá a honra de vir visitar-me, faze-a logo entrar; tenho coisas da máxima importância para lhe dizer, e quero que estejas presente.

Dirigiu-se em seguida a um outro salão, onde deveria encontrar-se com a princesa. Não andava com facilidade: era uma dama de cerca de trezentos anos; mas tinha ainda vestígios de beleza e bem se via que, entre os duzentos e trinta e os duzentos e quarenta anos, fora mesmo encantadora. Recebeu Formosante com uma nobreza respeitosa, a que se mesclava um ar de interesse e de dor, e que causou à princesa uma viva impressão.

Formosante lhe apresentou primeiro as condolências pela morte do marido.

– Ah! – exclamou a viúva.– Deveis interessar-vos pela sua perda mais do que pensais.

– Sem dúvida que me sinto abalada – disse Formosante. – Ele era pai de...

A estas palavras, ela pôs-se a chorar:

– Eu não tinha vindo senão por causa dele, e através de muitos perigos. Deixei, por ele, a meu pai e à mais brilhante Corte do universo; fui raptada por um rei do Egito a quem detesto. Escapando a este, atravessei os ares para ver aquele a quem amo; chego, e ele me foge!

As lágrimas e os soluços impediram-na de continuar.

– Alteza– disse-lhe então a mãe, enquanto o rei do Egito vos sequestrava, enquanto ceavam ambos numa hospedaria da estrada de Baçorá, quando as vossas belas mãos lhe serviam vinho de Chiraz, não vos lembrais de ter visto um melro que revoava pela sala?

– É verdade, vós me reavivais a memória; eu não tinha prestado atenção; mas, concentrando-me, bem me lembro que, no momento em que o rei do Egito se erguia da mesa para me dar um beijo, o melro voou pela janela lançando um grito, e não mais reapareceu.

– Ai, Alteza!– suspirou a mãe de Amazan– Eis exatamente a causa das nossas desgraças. O meu filho mandara esse melro informar-se do vosso estado de saúde e de tudo o que se passava em Babilônia; esperava regressar em breve para lançar-se a vossos pés e consagrar-vos a vida. Nem sabeis a que ponto ele vos adora. Todos os gangáridas são amorosos e fiéis; mas o meu filho é o mais apaixonado e o mais constante de todas. O melro vos encontrou numa estalagem, a beber alegremente com o rei do Egito e um maldito sacerdote; ele vos viu enfim dar um terno beijo àquele monarca que matara a fênix e ao qual meu filho tem invencível horror. A vista disso, o melro foi tomado de justa indignação; voou amaldiçoando os vossos funestos amores. Regressou hoje e contou tudo. Mas em que momento, meu Deus! No momento em que meu filho chorava comigo a morte de seu pai e a da fênix, no momento em que ele sabia, por mim, que é vosso primo!

– O céus! Meu primo! Será possível, senhora? E por que aventura? Como? Então sou eu feliz a tal ponto?! E seria tão desgraçada ao mesmo tempo, por havê-lo ofendido?!

– Meu filho é vosso primo – tornou a mãe, – e já vos dou a prova; mas, tornando-vos parente minha, vós me arrancais o filho; ele não poderá sobreviver à dor que lhe causou vosso beijo ao rei do Egito.

– Ah! minha tia– exclamou a bela Formosante,– juro por ele e pelo poderoso Orosmade que aquele beijo funesto, longe de ser criminoso, era a mais forte prova de amor que eu poderia dar a vosso filho. Por causa de Amazan, eu desobedecia a meu pai. Ia, por causa dele, do Eufrates ao Ganges. Caída nas mãos do indigno faraó do Egito, não podia escapar-lhe senão enganando-o. Atestam-no as cinzas e a alma da fênix, que estavam então comigo; ela pode fazer-me justiça. Mas como é que vosso filho, nascido às margens do Ganges, pode ser meu primo, quando minha família reina há tantos séculos nas margens do Eufrates?

– Não sabeis– tornou a venerável gangárida– que o vosso tio-avô Aldéia era rei de Babilônia e que foi destronado pelo pai de Belus?

– Sim, Senhora.

– Sabeis que seu filho Aldéia tivera de seu casamento a princesa Aldéia, criada e educada na vossa Corte. Pois foi esse príncipe que, perseguido por vosso pai, veio refugiar-se em nossa terra, sob um nome suposto; foi ele quem me desposou; e dele tive o príncipe Aldéia-Amazan, o mais belo, o mais forte, o mais corajoso, o mais virtuoso dos mortais, e hoje o mais louco. Foi às festas de Babilônia levado por vossa reputação de beleza: desde esse tempo ele vos idolatra, e eu talvez nunca mais torne a ver o meu querido filho.

Fez então mostrar à princesa todos os títulos da casa dos Aldéias; Formosante mal se dignou olhá-los.

– Ah! senhora!– exclamou.– Acaso a gente examina o que deseja? Meu coração o crê de sobra. Mas onde está Aldéia-Amazan? Onde está o meu parente, o meu amado, o meu rei? Onde está a minha vida? Que caminho tomou? Iria procurá-lo em todos os globos que o Eterno formou e de que ele é o mais belo ornamento. Iria à estreia Canope, a Sheat, a Aldebarã; iria convencê-lo do meu amor e da minha inocência.

A fênix absolveu a princesa do crime que lhe imputara o melro, de haver dado um beijo de amor ao rei do Egito; mas era preciso desenganar Amazan e trazê-lo de volta. Envia pássaros a todas as estradas, põe em campo os unicórnios: vem dizer-lhe afinal que Amazan tomara o caminho da China.

– Pois bem, vamos à China!– exclamou a princesa.– A viagem não é longa; espero trazer vosso filho de volta, dentro em quinze dias, o mais tardar.

A estas palavras, quantas lágrimas de ternura não lançaram a mãe gangárida e a princesa de Babilônia! Quantos abraços! Quantas efusões!

A fênix encomendou imediatamente uma carruagem de cem unicórnios. A mãe forneceu duzentos cavalheiros e deu de presente à princesa, sua sobrinha, alguns milhares dos mais belos diamantes do país. A fênix, aflita com o mal que havia causado a indiscrição do melro, ordenou a expulsão de todos os melros. É desde essa época que não mais se encontram melros à margem do Ganges.

CAPÍTULO V

Em menos de oito dias, os unicórnios conduziram Formosante, Irla e a fênix a Cambalu, capital da China. Era uma cidade maior que Babilônia, e de uma espécie de magnificência completamente diversa. Aqueles novos objetos, aqueles costumes novos, teriam distraído Formosante, se ela se pudesse ocupar de outra coisa que não fosse Amazan.

Logo que o imperador da China soube que a princesa da Babilônia se achava numa das portas da cidade, enviou a seu encontro quatro mil mandarins em trajes de cerimônia; todos se prosternaram diante dela e cada um lhe apresentou uma saudação escrita em caracteres de ouro sobre seda purpúrea. Formosante lhes disse que, se tivesse quatro mil línguas, não deixaria de responder imediatamente a cada um deles; mas, não possuindo mais que uma, pedia-lhes para servir-se da mesma a fim de fazer um agradecimento geral. Os mandarins conduziram-na respeitosamente à presença do Imperador.

Era este o mais justo, mais polido e mais sábio monarca do mundo. Foi ele quem, em primeiro lugar, lavrou um pequeno campo com as suas mãos imperiais, para tornar a agricultura respeitável, ao povo. Foi quem primeiro instituiu prêmios para a virtude. As leis, por toda parte aliás, se restringiam vergonhosamente a punir os crimes. Esse imperador acabava de expulsar de seus Estados um bando de bonzos estrangeiros que tinham vindo dos confins do Ocidente, na insana esperança de forçar toda a China a pensar como eles, e que, sob o pretexto de anunciar verdades, já tinham adquirido riquezas e honrarias. Dissera-lhes, ao expulsá-los, estas palavras textuais, registradas nos anais do império:

Poderíeis fazer aqui tanto mal quanto fizestes alhures: viestes pregar dogmas de intolerância na nação mais tolerante da terra. Mando-vos de volta para nunca me ver forçado a punir-vos. Sereis honrosamente reconduzidos até as minhas fronteiras; ser-vos-á fornecido o necessário para voltardes aos limites do hemisfério de onde partistes. Ide em paz, se puderdes ir em paz, e nunca mais volteis.

Foi com alegria que a princesa de Babilônia soube desse julgamento e dessas palavras; tanto mais certeza tinha de ser recebida na Corte, pois estava muito longe de professar dogmas intolerantes. O imperador da China, jantando a sós com ela, teve a gentileza de banir o embaraço de qualquer etiqueta constrangedora. Ela apresentou-lhe a fênix, que foi muito acariciada pelo imperador e se empoleirou na sua cadeira. Formosante, no fim da refeição, confiou-lhe ingenuamente o motivo de sua viagem, e pediu-lhe que mandasse procurar em Cambalu o belo Amazan, cuja aventura lhe contou, sem nada lhe ocultar da fatal paixão de que se inflamara por aquele jovem herói.

– A quem vindes falar!– exclamou o imperador da China.– Ele deu-me o prazer de vir à Corte. Encantou-me, esse amável Amazan; é verdade que está profundamente aflito; mas isso torna as suas graças ainda mais tocantes. Nenhum de meus favoritos tem mais espírito do que ele; nenhum mandarim togado tem mais vastos conhecimentos; nenhum mandarim de espada tem o ar mais heróico e marcial; a sua extrema juventude dá novo preço a todos os seus talentos: se eu fosse tão desgraçado, tão desamparado do Tien e do Changti para abalançar-me a fazer conquistas, pediria a Amazan que se pusesse à frente de meus exércitos, e estaria certo de triunfar do universo inteiro. É pena que o seu pesar às vezes lhe perturbe o espírito.

– Ah! Senhor – disse-lhe Formosante com ar arrebatado e um tom de dor, de abalo e de censura, – por que não me fizestes cear com ele? Vós me matais; mandai-o convidar agora mesmo.

– Ele partiu esta manhã, senhora, e não disse para que região se dirigiam seus passos.

Formosante voltou-se para a fênix:

– Já. Viste, minha fênix – disse ela, – uma moça mais desgraçada do que eu? Mas, Senhor– continuou ela,– como, e por que pôde ele deixar tão repentinamente uma Corte assim refinada como a vossa e na qual me parece que se desejaria passar a vida?

– Eis, Senhora, o que aconteceu. Uma princesa de sangue real, das mais amáveis, apaixonou-se por ele, e marcou-lhe um encontro ao meio-dia; ele partiu ao amanhecer, deixando este bilhete, que muitas lágrimas custou à minha parente:

Bela princesa do sangue da China, mereceu um coração que nunca tenha sido senão vosso; jurei aos deuses imortais só amar a Formosante, princesa de Babilônia, e ensinar-lhe como podemos dominar os desejos, em viagem; teve ela a desgraça de sucumbir com um indigno rei do Egito: sou o mais infeliz dos homens; perdi meu pai e a fênix, e a esperança de ser amado por Formosante; deixei minha mãe aflita e minha pátria, sem poder mais viver um só momento no lugar onde soube que Formosante amava a outro que não eu; jurei percorrer o mundo e ser fiel. Vós me desprezaríeis, e os deuses me puniriam, se eu violasse meu juramento; tomai um noivo, Senhora, e que possais ter uma fidelidade igual à minha.

– Ah! Deixai comigo essa admirável carta– disse a bela Formosante,– ela será o meu consolo; sinto-me feliz no meu infortúnio. Amazan me ama; Amazan renuncia, por mim, à posse das princesas da China; só ele, no mundo, é capaz de tal vitória; dá-me um grande exemplo; mas bem sabe a fênix que eu não precisava disso; é muito cruel ver-se a gente privada de quem ama só por causa do mais inocente dos beijos dado por pura fidelidade. Mas afinal, aonde foi ele? Que caminho tomou? Dignai-vos dizer-me, e eu parto.

O Imperador da China respondeu que, pelos relatos que lhe haviam trazido, seguira Amazan uma estrada que levava para a Cítia. Em seguida foram atrelados os unicórnios, e a princesa, depois dos mais amáveis cumprimentos, despediu-se do imperador, com a fênix, a camareira Irla, e toda a comitiva.

Logo ao chegar à Cítia, viu, mais do que nunca, como os homens e os governos diferem, e diferirão sempre, até que um dia um povo mais esclarecido que os outros comunique a luz, de vizinho para vizinho, após mil séculos de trevas, e quando se encontrem, em climas bárbaros, almas heroicas que tenham a força e perseverança de transformar os brutos em homens.

Nenhuma cidade havia na Cítia e, por conseguinte, nada de artes agradáveis. Não se viam senão vastas planícies, e povos inteiros debaixo de tendas ou em cima de carros. Tal aspecto causava terror. Formosante Indagou em que tenda ou em que carreta se alojava o rei. Disseram-lhe que, oito dias antes, se pusera em marcha à frente de trezentos mil cavaleiros, para ir ao encontro do rei de Babilônia, a quem havia raptado a sobrinha, a bela princesa Aldéia.

– Raptou minha prima?!– exclamou Formosante.– Por essa nova aventura eu não esperava. Como! A minha prima, que se dava por muito feliz em me fazer a corte, se tornou rainha, e eu ainda não me casei!

Fez-se conduzir imediatamente às tendas da rainha.

Seu inesperado encontro naqueles remotos climas, as coisas singulares que tinham mutuamente a contar-se, deram à sua entrevista um encanto que as fez esquecer que jamais se haviam estimado; reviram-se com transporte; uma suave ilusão tomou o lugar da verdadeira ternura; beijaram-se chorando; e até cordialidade e franqueza houve entre ambas, uma vez que a entrevista não se realizava num palácio.

Aldéia reconheceu a fênix e a confidente Irla; presenteou peles de zibelina à prima, que, por sua vez, a presenteou com diamantes. Falaram da guerra que os dois reis empreendiam; deploraram a condição dos homens, que os monarcas, por fantasia, mandam entredegolar-se, devido a diferenças que dois homens sensatos poderiam solucionar numa hora; mas falaram principalmente do belo estrangeiro vencedor dos leões, doador dos maiores diamantes do universo, autor dos madrigais, possuidor da fênix, e tornado, por causa de um melro, o mais infeliz dos homens.

– É o meu querido irmão– dizia Aldéia.

– É o meu amado! – exclamava Formosante. Sem dúvida o viste, talvez ainda esteja aqui, pois sabe que é teu irmão e não haveria de deixar-te bruscamente, como deixou ao rei da China.

– Se eu o vi, meu Deus! – tornou Aldéia.– Passou quatro dias inteiros comigo. Ah! minha prima, como o meu irmão é digno de lástima! Uma falsa história o tornou inteiramente louco; corre o mundo sem saber aonde vai. Imagina tu que levou a loucura a ponto de recusar os favores da mais bela cita de toda a Cítia! Partiu ontem, depois de lhe haver escrito uma carta que a deixou desesperada. Ele foi à terra dos cimérios.

– Louvado seja Deus! – exclamou Formosante.– Mais outra recusa em meu favor! Minha felicidade ultrapassou minha esperança, como minha desgraça ultrapassou a todos os meus temores. Manda-me entregar essa encantadora carta. Que eu parta, e o siga, com as mãos cheias de seus sacrifícios. Adeus, minha prima: Amazan está entre os cimérios, vou voando para lá.

Aldéia achou que a princesa sua prima estava ainda mais louca que o seu irmão Amazan. Mas como já conhecia por experiência própria os ataques dessa epidemia, como deixara as delicias e magnificências de Babilônia pelo rei dos citas, como as mulheres sempre se interessam pelas loucuras de que o amor é causa, enterneceu-se verdadeiramente com o caso de Formosante, desejou-lhe feliz viagem, e prometeu servir a sua paixão, se ela tivesse a felicidade de tornar a ver Amazan.

CAPÍTULO VI

Em breve a princesa de Babilônia e a fênix chegaram ao império dos cimérios, na verdade muito menos povoado que a China, mas duas vezes mais extenso, outrora semelhante à Cítia e agora, desde alguns tempos, tão florescente como os reinos que se vangloriavam de instruir os outros Estados.
Após alguns dias de marcha, entraram numa grande cidade que a imperatriz reinante mandava embelezar. Mas esta ali não se achava; viajava então, das fronteiras da Europa às da Ásia, para conhecer seus Estados pelos seus próprios olhos, para julgar dos males e lhes aplicar os remédios, para aumentar as vantagens já conseguidas, para semear a instrução.

Um dos primeiros oficiais dessa antiga capital, informado da chegada, da babilônia e da fênix, apressou-se em ir apresentar suas homenagens à princesa e fazer-lhe as honras do país, certo de que a sua soberana, que era a mais polida e magnifica das rainhas, lhe ficaria grata por haver recebido tão alta dama com as mesmas atenções que ela própria lhe prodigalizaria.

Alojaram Formosante no palácio, de que afastaram uma importuna multidão; ofereceram-lhe festas engenhosas. O senhor cimério, que era um grande naturalista, conversou muito com o pássaro enquanto a princesa se achava retirada a seus aposentos. A fênix confessou-lhe que outrora viajara muito entre os cimérios, mas que hoje não mais conhecia o país.

– Como é que tão prodigiosas mudanças – dizia– puderam operar-se em tão curto prazo? Não faz trezentos anos que vi aqui a natureza selvagem em todo o seu horror; e hoje encontro aqui as artes, o esplendor, a glória e a polidez.

– Um único homem começou essa grande obra – respondeu o cimério,– uma mulher a aperfeiçoou; uma mulher foi melhor legisladora que a Isis dos egípcios e a Ceres dos gregos. A maioria dos legisladores tiveram um gênio estreito e despótico, que confinou sua visão aos países que governaram; cada qual considerou seu povo como o único sobre a face da terra, ou como destinado a ser inimigo do resto da terra. Formaram instituições para esse único povo, introduziram usos para ele só, estabeleceram uma religião só para ele. É assim que os egípcios, tão famosos por montões de pedras, se embruteceram e desonraram com as suas superstições bárbaras. Julgam profanas as outras nações, não se comunicam com elas, e, com exceção da Corte, que às vezes se eleva acima dos preconceitos vulgares, não há um egípcio que queira comer num prato de que já se haja servido um estrangeiro. Seus sacerdotes são cruéis e absurdos. Melhor seria não ter leis e só escutar a natureza, que gravou nos nossos corações os caracteres do justo e do injusto, do que submeter a sociedade a leis tão insociáveis.

A nossa imperatriz alimenta projetos inteiramente opostos; considera o seu vasto Estado, sobre o qual todos os meridianos vêm juntar-se, como correspondente a todos os povos que habitam sob esses diversos meridianos. A primeira de suas leis foi a tolerância de todas as religiões e a compaixão por todos os erros. Seu poderoso gênio reconheceu que, se os, cultos são diferentes, a moral é por toda parte a mesma; por esse princípio, ligou sua nação a todas as nações do mundo, e os cimérios olham o escandinavo e o chinês como seus irmãos. Fez mais: quis que essa preciosa tolerância, o primeiro elo dos homens, se estabelecesse entre os Estados vizinhos; assim mereceu o título de mãe da pátria, e terá o de benfeitora do gênero humano, se perseverar.

Antes dela, homens infelizmente poderosos mandavam tropas de assassinos devastarem populações desconhecidas, que assim regavam com o seu próprio sangue a herança que haviam recebido dos pais; chamavam a esses bandidos de heróis; a sua atrocidade chamava-se glória. Outra glória tem a nossa soberana: fez marchar exércitos para disseminar a paz, para impedir que os homens se prejudicassem, para os forçar a suportarem-se uns aos outros; e seus estandartes foram os da concórdia pública.

A fênix, encantada do que ouvia, disse ao seu interlocutor:

– Senhor, faz vinte e sete mil novecentos anos e sete meses que estou neste mundo; e ainda nada vi que se compare ao que acaba de dizer-me.

Pediu-lhe novas de seu amigo Amazan; o cimério contou-lhe as coisas que haviam dito à princesa entre os chineses e os citas. Amazan fugia de todas as Cortes que visitava logo que alguma dama lhe marcava um encontro a que temia sucumbir. A fênix logo informou a princesa dessa nova prova de fidelidade que lhe dava Amazan, fidelidade tanto mais espantosa quanto não podia ele suspeitar que a princesa viesse um dia a sabê-lo.

Partira para a Escandinávia. Foi nesses climas que novos espetáculos o impressionaram. Aqui a realeza e a liberdade subsistiam juntas, por um acordo que pareceria impossível em outros Estados: os agricultores tinham parte na legislação, bem como os grandes do reino; e um jovem príncipe dava as maiores esperanças de ser digno de governar uma nação livre. E nisso havia algo de mais estranho: o único rei que tinha direito despótico sobre a sua terra, por um contrato formal com o seu povo era ao mesmo tempo o mais jovem e o mais justo dos reis.

Entre os sámatras, Amazan viu um filósofo no trono; podia ser chamado o rei da anarquia, pois era chefe de cem mil pequenos reis, um só dos quais podia, com uma palavra, anular as resoluções de todos os outros. Éolo não tinha mais dificuldade em contar todos os ventos que se combatem incessantemente do que aquele monarca em conciliar os espíritos; era um piloto cercado de eterna tempestade, e no entanto o barco não se quebrava: pois o príncipe era um excelente piloto.

Percorrendo todos esses países tão diferentes da sua pátria, Amazan evitava constantemente todas as aventuras galantes que se lhe apresentavam, sempre desesperado com o beijo de Formosante ao rei do Egito, sempre firme na sua inconcebível resolução de dar a Formosante o exemplo de uma fidelidade única e inabalável.

A princesa de Babilônia, com a sua fênix, sempre lhe seguia o rastro, nunca desencontrando-se de Amazan, a não ser por um dia ou dois, sem que este jamais se cansasse de correr, nem ela de o seguir.

Atravessaram assim toda a Germânia; admiraram os progressos que faziam no Norte a razão e a filosofia; todos os príncipes eram ali instruídos, todos autorizavam a liberdade de pensamento sua educação não fora confiada a homens que tivessem interesse em enganá-los ou que estivessem eles próprios enganados; tinham-nos educado no conhecimento da moral universal e no desprezo das superstições; haviam banido de todos aqueles Estados um insensato costume que enervava e despovoava diversos países meridionais: o de enterrar vivos, em vastos calabouços, um número infinito de pessoas dos dois sexos, eternamente separados um dos outros, e de os fazer jurar que nunca teriam relações. Esse cúmulo da demência, respeitado durante tantos séculos, tinha devastado o mundo da mesma forma que as guerras mais cruéis.

Os príncipes do Norte haviam compreendido que, para ter haras, não se deviam separar das éguas os mais fortes cavalos. Tinham também destruído erros não menos bizarros nem menos perniciosos. Afinal os homens se atreviam a ser razoáveis naquelas vastas regiões, enquanto que alhures ainda se acreditava que só podem ser governados na medida da sua imbecilidade.

CAPÍTULO VII

Amazan chegou à terra dos batavos; em meio do seu pesar, suave alegria lhe penetrou o coração ao encontrar ali como que uma pálida imagem do país gangárida: a liberdade, a igualdade, a limpeza, a abundância, a tolerância; mas as damas do país eram tão frias que nenhuma lhe fez propostas, como acontecera em toda parte; ele não teve o trabalho de resistir. Se quisesse atacar àquelas damas, tê-las-ia subjugado uma após outra, sem ser amado por nenhuma; mas longe estava de pensar em conquistas.

Formosante esteve a ponto de o alcançar nessa nação insípida: foi questão de momentos. Ouvira Amazan tantos elogios, entre os batavos, a certa ilha chamada Albion que resolveu tomar um navio com os seus unicórnios, o qual, pegando vento favorável, o levou em quatro horas às costas daquela terra mais formosa que Tiro e a ilha Atlântida.

A bela Formosante, que o seguira até o Duína, o Vístula, o Elba e o Véser, chega enfim às bocas do Reno, que despejava suas águas rápidas no Mar Germânico.

E informada de que seu amado vogara para as costas de Albion; julga avistar o seu navio; lança gritos de alegria, de que muito se surpreendem as damas batavas, pois não imaginam possa um jovem causar tamanha alegria; e, quanto à fênix, não lhe deram maior importância, pois acharam que as suas penas não podiam provavelmente ser tão bem vendidas como as dos patos e marrecos de seus banhados. A princesa de Babilônia fretou dois navios para a transportarem, com toda a sua gente, àquela ilha feliz que ia possuir o único objeto de todos os seus desejos, a alma de sua vida, o deus de seu coração.

Um funesto vento do oeste ergueu-se de súbito no preciso instante em que o fiel e infeliz Amazan desembarcava em Albion: os navios da princesa de Babilônia não puderam partir. Um aperto de coração, uma dor amarga, uma profunda melancolia apoderaram-se de Formosante; no seu sofrimento, meteu-se no leito, à espera que o vento mudasse; mas este soprou oito dias inteiros com uma violência desesperadora. A princesa, durante aquele século de oito dias, fazia a camareira ler-lhe romances: não que os batavos os soubessem fazer, mas, como eram os empreiteiros do universo, vendiam o espírito das outras nações, assim como os seus gêneros. A princesa mandou comprar no estabelecimento de Marc-Michel Rey todas as histórias que haviam escrito entre os ausonianos e velches, e cuja venda era sabiamente proibida nessas nações, para enriquecer os batavos; esperava encontrar naquelas histórias alguma aventura que se assemelhasse à sua e que: embalasse o seu pesar. Irla lia, a fênix dava a sua opinião, e a princesa nada encontrava na Camponesa Enriquecida, nem no Sofá, nem nos Quatro Facardenses, que tivesse a mínima relação com as suas aventuras; a todo instante interrompia e leitura para indagar de que lado soprava o vento.

CAPÍTULO VIII

Entrementes, já ia Amazan, a caminho da capital de Albion, na sua carruagem de seis unicórnios, e pensava na sua princesa. Avistou uma equipagem derribada num fosso; os criados se haviam afastado em busca de socorro; o patrão permanecia tranquilamente em seu carro, sem demonstrar a mínima impaciência, e divertindo-se em fumar: pois então se fumava; chamava-se milorde What-then, o que significa mais ou menos milorde Que Importa, na língua para a qual traduzo estas memórias.

Amazan precipitou-se para auxiliá-lo; ergueu sozinho o carro, tão superior era sua força à do comum dos homens. Milorde Que Importa contentou-se em dizer: "Isso é que é força". Havendo acorrido alguns rústicos da vizinhança, zangaram-se por haver sido chamados inutilmente, descarregando a cólera no estrangeiro; ameaçaram-no, chamando-o de cão estrangeiro, e quiseram bater-lhe.

Amazan segurou dois deles em cada mão e arremessou-os a vinte passos de distância; os outros criaram-lhe respeito, cumprimentaram-no e pediram-lhe algum troco para beber:

Amazan lhes deu mais dinheiro do que eles jamais viram em toda a vida. Milorde Que Importa disse-lhe:

— Estimo-o; venha jantar comigo na minha casa de campo, que só fica a três milhas daqui. Subiu na carruagem de Amazan, porque a sua ficara desarranjada com o choque.

A princesa de Babilônia

Após um quarto de hora de silêncio, fitou um momento Amazan e disse-lhe: How d'ye do?, literalmente: Como vos fazeis fazer?, e na língua do tradutor: Como passa o senhor? Depois acrescentou: "O senhor tem aí seis bonitos unicórnios" e recomeçou a fumar.

O viajante disse que os seis unicórnios estavam à sua disposição; que vinha com ele do país dos gangáridas; e aproveitou a ocasião para falar da princesa de Babilônia e daquele beijo fatal que ela dera no rei do Egito: ao que o outro não replicou absolutamente nada, pouco se lhe dando que houvesse no mundo um rei do Egito e uma princesa de Babilônia. Esteve ainda um quarto de hora sem dizer coisa alguma; depois tornou a perguntar ao companheiro como ele se fazia e se comiam bom roast-beef. O viajante respondeu-lhe com a habitual polidez que nas margens do Ganges ninguém comia seus irmãos. Explicou-lhe o sistema que foi, depois de tantos séculos, o de Pitágoras, de Pórfiro, de Jâmblico, com o que o milorde adormeceu e não fez mais que um sono até chegarem à sua casa.

Tinha ele uma mulher jovem e encantadora, a quem a natureza dera uma alma tão viva e sensível quanto a do marido era indiferente. Vários senhores albionenses tinham ido jantar com ela naquele dia. Havia caracteres de toda espécie; pois como o país quase nunca fora governado a não ser por estrangeiros, as famílias vindas com esses príncipes tinham quase todas trazido costumes diferentes. Havia na companhia pessoas muito amáveis, outras de espírito superior, outras de profundo saber.

A dona da casa nada tinha desse ar postiço e esquerdo, dessa rigidez, desse falso pudor que censuravam então nas jovens de Albion; não ocultava, numa atitude desdenhosa e num silêncio afetado, a esterilidade de suas ideias e o humilhante embaraço de não ter nada que dizer: não havia mulher mais insinuante. Recebeu Amazan com a polidez e graça que lhe eram naturais. A extrema beleza daquele estrangeiro, e a súbita comparação que fez entre ele e seu marido, logo a abalaram sensivelmente.

Foram para a mesa. Fez Amazan sentar-se a seu lado e serviu-lhe pudins de toda espécie, pois soubera dele que os gangáridas não se alimentavam de nada que houvesse recebido dos deuses o dom celestial da vida. Sua beleza, sua força, os costumes dos gangáridas, o progresso das artes, a religião e o governo, foram assunto de uma conversação tão agradável quão instrutiva durante a refeição, que durou até a noite, e durante a qual milorde Que Importa bebeu muito e não disse palavra.

Após o jantar, enquanto milady servia o chá e devorava o jovem com os olhos, conversava este com um membro do parlamento, pois é sabido que já então havia um parlamento e que se chamava Wittenagemot, o que significa assembleia dos pessoas de espírito. Amazan informava-se da constituição, dos usos e costumes, das leis, das forças, das artes, que tão recomendável tornavam aquele país; e o referido senhor falava-lhe nos seguintes termos:

– Por muito tempo andamos inteiramente nus, embora o clima não seja quente. Durante muito tempo fomos tratados como escravos por gente vinda da antiga terra de Saturno, regada pelas águas do Tibre. Mas a nós mesmos temos causado maiores males do que os sofremos da parte de nossos primeiros vencedores. Um de nossos reis levou a baixeza a ponto de se declarar súdito de um sacerdote que também morava à margem do Tibre, e a quem chamavam o Velho das Sete Colinas; de tal modo foi destino dessas sete montanhas dominarem por muito tempo uma grande parte da Europa, habitada então por brutos.

Após esses tempos de aviltamento, vieram séculos de ferocidade e anarquia. A nossa terra, mais tempestuosa que os mares que a cercam, foi sacudida e ensanguentada por nossas discórdias. Vários testas-coroadas pereceram no último suplício. Mais de cem príncipes do sangue dos reis acabaram seus dias no cadafalso. Arrancaram o coração a todos os seus adeptos e bateram-lhes com ele nas faces. Ao carrasco é que competia escrever a história da nossa ilha, pois fora ele quem terminara todas as grandes questões.

Não faz muito que, para cúmulo do horror, algumas pessoas de manto negro e outros que usavam uma camisa branca por cima da jaqueta foram mordidas por cães raivosos e acabaram comunicando a raiva à nação inteira. Todos os cidadãos foram ou assassinos ou vítimas, ou carrascos ou supliciados, ou depredadores ou escravos, em nome do céu e em busca do Senhor. Quem diria que desse abismo temeroso, desse caos de dissenções, de atrocidades, de, ignorância e de fanatismo tenha resultado talvez o mais perfeito governo que hoje existe no mundo? Um rei venerado e rico, todo poderoso para fazer o bem, impotente para fazer o mal, está à frente de uma nação livre, guerreira, comerciante e esclarecida. Os grandes de um lado, e os representantes das cidades de outro, compartilham da legislação com o monarca.

Vira-se, por singular fatalidade, a desordem, as guerras civis, a anarquia e a pobreza assolarem o país quando os reis exercem o poder arbitrário. A tranquilidade, a riqueza, a felicidade pública, só reinaram entre nós quando os reis reconheceram que não eram absolutos. Tudo estava subvertido quando disputavam sobre coisas ininteligíveis; tudo entrou em ordem depois que as desprezaram. Nossas frotas vitoriosas levam a nossa glória a todos os mares, e as leis põem em segurança as nossas fortunas; jamais um juiz as pode interpretar arbitrariamente; jamais se dá uma sentença que não seja motivada. Puniríamos como assassinos os juizes que ousassem condenar um cidadão à morte sem invocar os testemunhos que o acusam e a lei que o condena.

E verdade que há sempre, entre nós, dois partidos que se combatem com a pena e com intrigas; mas também se reúnem sempre que se trata de pegar em armas para defender a pátria e a liberdade. Esses dois partidos vigiam um ao outro; impedem-se mutuamente de violar o sagrado depósito das leis; odeiam-se, mas amam o Estado: são amantes ciumentos que servem à porfia a mesma amante.

Com o mesmo espírito que nos fez conhecer e sustentar os direitos da natureza humana, elevamos as ciências ao mais alto ponto a que possam chegar entre os homens. Os vossos egípcios, que passam por tão grandes mecânicos; os vossos hindus, a quem julgam tão grandes filósofos; os vossos babilônios, que se vangloriam de haver observado os astros durante quatrocentos e trinta mil anos; os gregos, que escreveram tantas frases e tão poucas coisas, não sabem precisamente nada em comparação com os nossos menores colegiais, que estudaram as descobertas de nossos grandes mestres. Arrancamos mais segredos à natureza no espaço de cem anos do que os descobriu o gênero humano na multidão dos séculos.

Eis na verdade o estado em que nos achamos. Não lhe ocultei nem o bem, nem o mal, nem os nossos opróbrios, nem a nossa glória; e nada exagerei.

Amazan, a tais palavras, sentiu-se penetrado do desejo de se instruir naquelas sublimes ciências de que lhe falavam; e se a sua paixão pela princesa de Babilônia, o seu filial respeito à mãe, a quem deixara, e o amor à pátria, não lhe houvessem falado fortemente ao coração despedaçado, desejaria passar a vida na ilha de Albion. Mas aquele desgraçado beijo da sua princesa para o rei do Egito não lhe deixava suficiente liberdade de espírito para estudar as altas ciências.

– Confesso– disse ele– que, tendo-me imposto a lei de correr mundo e evitar-me a mim mesmo, teria curiosidade de ver essa antiga terra de Saturno, esse povo do Tibre e das sete montanhas, a quem outrora obedecestes; deve ser, sem dúvida, o primeiro povo da terra.

– Aconselho-o a fazer essa viagem– disse o albionense– se aprecia a música e a pintura. Nós próprios vamos seguidamente levar o nosso tédio às sete montanhas. Mas o amigo há de ficar muito espantado quando vir os descendentes de nossos vencedores.

A conversação foi longa. O belo Amazan, embora tivesse o cérebro um tanto perturbado, falava com tal graça, tão tocante era a sua voz, tão nobre e amável a sua atitude, que a dona da casa não pôde deixar, por sua vez, de conversar a sós com ele. Enquanto lhe falava, apertava-lhe ternamente a mão, e fitava-o com olhos úmidos e brilhantes que acordavam os desejos em todas as molas vitais. Reteve-o para a ceia e a pousada. Cada instante, cada palavra, cada olhar mais inflamavam a paixão da dama. Logo que todos se recolheram, escreveu-lhe um bilhetinho, esperando que ele fosse fazer-lhe a corte no leito, enquanto milorde Que Importa dormia no seu. Amazan teve ainda coragem de resistir, tal o maravilhoso efeito que produz um grão de loucura numa alma forte e profundamente atingida.

Amazan, segundo o seu costume, escreveu à dama uma resposta respeitosa, em que alegava a santidade do seu juramento e a estrita obrigação em que se achava de ensinar a princesa de Babilônia a dominar as suas paixões. Depois mandou atrelar os unicórnios e regressou à Batávia, deixando todos encantados com ele e a dona da casa desesperada. No seu desespero, esqueceu-se ela de guardar a carta de Amazan; milorde Que Importa leu-a na manhã seguinte. "Quanta baboseira!"– disse ele, dando de ombros, e foi à caça da raposa com alguns bêbedos da vizinhança.

Amazan já navegava em alto mar, munido de uma carta geográfica que lhe presenteara o sábio albionense com quem conversara em casa de milorde Que Importa. Via com surpresa uma grande parte da terra sobre uma folha de papel. Seus olhos e sua imaginação perdiam-se naquele pequeno espaço; olhava o Reno, o Danúbio, os Alpes do Tirol, designados então por outros nomes, e todos os países por onde devia passar antes de chegar à cidade das sete montanhas; mas principalmente olhava para a região dos gangáridas, para Babilônia, onde vira a sua querida princesa, e para a fatal Baçorá, onde ela beijara o rei do Egito. Suspirava, vertia lágrimas; mas reconhecia que o albionense que lhe fizera presente do universo em miniatura não deixava de ter razão quando afirmava que havia mil vezes mais instrução às margens do Tâmisa do que às margens do Nilo, do Eufrates e do Ganges.

Enquanto voltava ele para Batávia, corria Formosante para Albion com os seus dois navios, que velejavam a todo o pano. O de Amazan e o da princesa cruzaram-se, quase que se tocaram: os dois enamorados estavam perto um do outro e não podiam suspeitá-lo. Ah, se o soubessem! Mas não o permitiu o imperioso destino.

CAPÍTULO IX

Logo que desembarcou no solo raso e lamacento da Batávia, Amazan partiu como um raio para a cidade das sete montanhas. Teve de atravessar a parte meridional da Germânia. De quatro em quatro milhas, topava com um príncipe e uma princesa, aias e mendigos. Espantava-se das galanterias que aquelas damas e aias lhe faziam por toda parte, com a boa fé germânica; e só lhes respondia com modestas recusas. Depois de franquear os Alpes, atravessou o mar de Dalmácia, e desembarcou numa cidade que em nada se parecia com o que vira até então. O mar formava as ruas, as casas eram construídas n'água. As poucas praças públicas que ornavam aquela cidade estavam cheias de homens e mulheres que tinham um duplo rosto, o que a natureza lhes dera, e um rosto de cartão mal pintado que aplicavam por cima; de maneira que a nação parecia composta de espectros. Os recém-chegados começavam por comprar um rosto, como em outros lugares se adquire um barrete ou um par de sapatos. Amazan desprezou essa moda contra a natureza; apresentou-se tal como era. Havia na cidade doze mil raparigas registradas na escrita da república: raparigas úteis ao Estado, encarregadas do mais vantajoso e agradável comércio que já enriqueceu uma nação. Os negociantes comuns, com grandes gastos e riscos, enviavam estofos para o Oriente; aquelas belas negociantes faziam, sem o mínimo risco, um sempre renovado tráfico de seus encantos. Vieram todas apresentar-se ao belo Amazan e oferecer-lhe a escolha. Ele escapou-se o mais depressa possível, pronunciando o nome da incomparável princesa de Babilônia e jurando pelos deuses imortais que ela era mais linda que todas as doze mil raparigas venezianas. "Sublime traidora – exclamava ele nos seus transportes, – eu te ensinarei a seres fiel!"

Afinal, as ondas amarelas do Tibre, pântanos empestados, habitantes macilentos, descarnados e raros, cobertos de velhos mantos esburacados que entremostravam a pele seca e curtida, se lhe apresentaram aos olhos, anunciando-lhe que se achava às portas da cidade das sete montanhas, aquela cidade de heróis e legisladores que haviam conquistado e civilizado grande parte do mundo.

Tinha imaginado que veria à porta triunfal quinhentos batalhões comandados por heróis e, no Senado, uma assembleia de semideuses ditando leis à terra; como único e todo exército, achou umas três dúzias de marotos montando guarda com um parassol, com certeza por modo de se queimarem. Penetrando num templo que lhe pareceu muito belo, mas menos que o de Babilônia, ficou muito surpreendido ao ouvir uma música executada por homens que tinham voz de mulher.

— Que esquisito país esta antiga terra de Saturno! — disse ele.— Vi uma cidade onde ninguém tinha o próprio rosto, e agora vejo outra onde os homens não têm nem a respectiva voz nem as respectivas barbas.

Disseram-lhe que aqueles cantores não eram mais homens, que os haviam despojado de sua virilidade a fim de que mais agradavelmente entoassem loas a uma prodigiosa quantidade de pessoas meritórias. Amazan nada compreendeu. Os referidos senhores pediram-lhe que cantasse; ele cantou uma canção gangárida com a sua graça ordinária. Tinha uma bela voz de barítono.

— Ah! Monsignor — disseram eles, — que delicioso soprano não daria! Ah! se...

— Se o quê? Que querem dizer?

— Ah, Monsignor!

— E daí?

— Se Monsignor não tivesse barba!

Explicaram-lhe então muito divertidamente e com gestos muito cômicos, segundo o seu costume, de que coisa se tratava. Amazan ficou perplexo: "Tenho viajado — disse ele, — mas nunca ouvira falar de tal fantasia".

Depois de cantarem bastante, o Velho das Sete Colinas chegou, em pomposo cortejo, à porta do templo; cortou o ar em quatro com o polegar erguido, dois dedos estendidos e os dois outros dobrados, dizendo estas palavras em uma língua que ninguém mais falava. À cidade e ao universo[2]. O gangárida não conseguia compreender que dois dedos pudessem alcançar tão longe.

Viu logo desfilar toda a corte do senhor do mundo: compunha-se de graves personagens, uns de vermelho, outros de violeta; quase todos fitavam o belo Amazan com olhos dengosos; faziam-lhe reverências e diziam entre si: San Martino, che bel ragazzo! San Pancratio, che bel fanciullo!

Os ardentes cujo ofício consistia em mostrar aos estrangeiros as curiosidades da cidade, empenharam-se em fazê-lo ver construções onde um arrieiro não desejaria passar a noite, mas que tinham sido outrora dignos monumentos da grandeza de um povo-rei. Viu ainda quadros de duzentos anos e estátuas de mais de vinte séculos, que lhe pareceram obras-primas.

---

2. Em latim: Urbi et orbi.

– Ainda fazem obras assim?

– Não, Excelência– respondeu-lhe um dos guias,– mas desprezamos o resto do mundo porque conservamos essas raridades. Somos uma espécie de adelos que nos orgulhamos das velhas roupas que ficaram em nosso estabelecimento. Amazan mostrou desejo de ver o palácio do príncipe; levaram-no até lá. Viu homens de violeta que contavam o dinheiro das rendas do Estado: tanto de uma terra situada à margem do Danúbio, tanto de outra à margem do Loire, ou do Guadalquivir, ou do Vístula.

– Oh! Oh! – exclamou Amazan, após haver consultado a sua carta geográfica,– o seu senhor possui então toda a Europa, como esses antigos heróis das sete montanhas?

– Deve possuir o universo inteiro, por direito divino– respondeu-lhe um dos violetas, – e até houve tempo em que os seus predecessores se aproximaram da monarquia universal; mas os seus sucessores têm hoje a bondade de contentar-se com algum dinheiro que os reis seus súditos lhes pagam em forma de tributo.

–O seu senhor é então, de fato, o rei dos reis? Não é esse o seu título?

–Não, Excelência, o seu título é servo dos servos; é originariamente pescador e porteiro, e eis por que os emblemas da sua dignidade são chaves e redes; mas continua dando ordens a todos os reis. Não faz muito, enviou cento e um mandamentos a um rei do país dos celtas, e o rei obedeceu.

– O seu pescador – disse Amazan– enviou então quinhentos ou seiscentos mil homens para fazer executar as suas cento e uma disposições?

– De forma alguma, Excelência; o nosso santo senhor não é suficientemente rico para pagar dez mil soldados; mas dispõe de quatrocentos a quinhentos mil profetas divinos distribuídos pelos outros países. Esses profetas de todas as cores são, como é razoável, alimentados à custa do povo de cada nação; anunciam da parte do céu que o meu senhor, com as suas chaves, pode abrir e fechar todos os cadeados, e principalmente os dos cofres fortes. Um padre normando, que tinha junto ao rei de que lhe falo o cargo de confidente, convenceu-o de que devia obedecer, sem tugir nem mugir, às cento e uma deliberações de meu senhor; pois é bom saber que uma das prerrogativas do Velho das Sete Colinas é a de ter sempre razão, seja falando, seja escrevendo.

– Sim senhor! Que homem mais singular! – exclamou Amazan. – Teria curiosidade de jantar com ele.–Ainda que Vossa Excelência fosse rei, não poderia comer à sua mesa; o mais que ele poderia fazer pelo senhor seria mandar servir-lhe uma a seu lado, menor e mais baixa que a sua própria. Mas, se quiser ter a honra de lhe falar, solicitarei audiência para o senhor, mediante a buona mancia que o senhor terá a bondade de dar-me.

– Com muito gosto – respondeu o gangárida.

O violeta inclinou-se.

– Eu o introduzirei amanhã – disse ele. – O senhor fará três genuflexões e beijará os pés do Velho das Sete Colinas.

– A tais palavras, Amazan soltou tão prodigiosas gargalhadas que quase sufocou; saiu segurando as ilhargas e riu até as lágrimas durante todo o caminho para a hospedaria, onde riu ainda por muito tempo.

A mesa, apresentaram-se vinte homens sem barba e vinte violinos, que lhe deram um concerto. Foi cortejado o resto do dia pelos senhores mais importantes da cidade; fizeram-lhe propostas ainda mais esquisitas do que a de beijar os pés do Velho das Sete Colinas. Como era extremamente polido, julgou a princípio que aqueles senhores o tomavam por uma dama, e os advertiu de seu engano com a mais circunspecta lisura. Mas, sendo assediado um pouco vivamente por dois ou três dos mais decididos violetas, arremessou-os pela janela, sem julgar fazer grande sacrifício à bela Formosante. Deixou o mais depressa possível aquela cidade dos senhores do mundo, onde se tinha de beijar um velho no artelho, como se a sua face estivesse no pé, e onde só se abordavam os jovens com cerimônias ainda mais estranhas.

CAPÍTULO X

De província em província, sempre repelindo provocações de toda espécie, sempre fiel à princesa de Babilônia, sempre em cólera contra o rei do Egito, chegou aquele modelo de constância à nova capital das Gálias. Passara esta cidade, como tantas outras, por todos os graus da barbárie, da ignorância, da tolice e da miséria. O seu primeiro nome fora lama e excremento; depois tomara o de Isis, do culto de Isis, que chegara até ela. Seu primeiro senado fora uma companhia de barqueiros. Estivera por muito tempo escravizada aos heróis depredadores das sete montanhas; e, alguns séculos depois, outros heróis salteadores, vindos da margem ulterior do Reno, se haviam apoderado de seu pequeno solo.

O tempo, que transforma tudo, fizera dela uma cidade cuja metade era muito nobre e agradável, e a outra um pouco grosseira e ridícula: eram os atributos de seus habitantes. Havia no seu recinto cerca de cem mil pessoas pelo menos que não tinham nada que fazer senão jogar e divertir-se. Esse povo de ociosos julgava as artes que os outros cultivavam. Nada sabiam do que se passava na Corte; embora ficasse esta apenas a quatro escassas milhas dali, era como se estivesse pelo menos a umas seiscentas milhas. As doçuras da sociedade, a alegria, a frivolidade, eram o seu único e importante negócio: governavam-nos como a crianças a quem se enche de brinquedos para as impedir de chorar. Se lhes falavam dos horrores que, dois séculos antes, haviam desolado a sua pátria e dos espantosos dias em que metade da nação massacrava a outra por causa de sofismas, diziam que na verdade aquilo não estava direito; e depois punham-se a rir e a cantar.

Quanto mais corteses, divertidos e amáveis se mostravam os ociosos, tanto mais triste era o contraste que se observava entre eles e os ocupados.

Havia entre esses ocupados, ou que pretendiam sê-lo, um bando de sombrios fanáticos, meio absurdos, meio velhacos, cujo simples aspecto contristava a terra, e que a teriam abalado, se pudessem, para conseguir um pouco de consideração. Mas a nação dos ociosos, dançando e cantando, fazia-os entrar nas suas cavernas, como os pássaros obrigam as corujas a voltar para o esconderijo das ruínas.

Outros ocupados, em menor número, eram zeladores de antigas usanças bárbaras contra as quais bradava a natureza; não consultavam senão os seus registros roídos de traças. Se ali encontravam algum costume Insensato e horrível, consideravam-no como uma lei sagrada. Devido a esse covarde hábito de não ousarem pensar por si mesmos, e de haurirem suas ideias nos destroços dos tempos em que não se pensava, é que, na cidade dos prazeres, ainda existiam costumes atrozes. É por esse motivo que não havia nenhuma proporção entre os delitos e as penas. Faziam às vezes um inocente sofrer mil mortes para obrigá-lo a confessar um crime que não havia cometido. Puniam uma leviandade de rapaz como teriam punido um envenenamento os um parricídio. Os ociosos lançavam gritos lancinantes e no dia seguinte não pensavam mais no caso e só falavam em novas modas.

Esse povo vira escoar um século inteiro durante o qual as belas--artes se elevaram a um grau de perfeição que jamais se ousaria esperar;

os estrangeiros vinham então, como a Babilônia, admirar os grandes monumentos de arquitetura, os prodígios dos jardins, os sublimes esforços da escultura e da pintura. Encantavam-se com uma música que ia direito à alma sem espantar os ouvidos.

A verdadeira poesia, isto é, aquela que é natural e harmoniosa, aquela que tanto fala ao coração como ao espírito, só a conheceu a nação naquele venturoso século. Novos gêneros de eloquência ostentaram sublimes belezas. Os teatros, sobretudo, ecoaram de obras-primas de que nenhum povo jamais se aproximou. O bom-gosto, enfim, se espalhou por todas as profissões, a tal ponto que houve bons escritores até mesmo entre os druidas.

Tantos louros, que se haviam erguido até as nuvens, em breve secaram numa terra exausta. Não restou mais que um insignificante número, cujas folhas eram de um verde pálido e moribundo. A decadência foi produzida pela facilidade de fazer e a preguiça de fazer bem, pela saciedade do belo e o gosto do excêntrico. A vaidade protegeu artistas que faziam voltar os tempos da barbárie; e essa mesma vaidade, perseguindo os verdadeiros talentos, forçou-os a deixar a pátria; os zangãos fizeram desaparecer as abelhas.

Quase que não havendo verdadeiras artes, quase não havia gênio; todo o mérito do século passado; o borrador das paredes de uma taverna criticava sapientemente os quadros dos grandes pintores; os borradores de papel desfiguravam as obras dos grandes escritores. A ignorância e o mau gosto tinham outros borradores a seu serviço; repetiam-se as mesmas coisas em cem volumes, sob títulos diferentes. Tudo era ou dicionário ou brochura. Um gazeteiro druida escrevia duas vezes por semana os anais obscuros de alguns energúmenos ignorados da nação e prodígios celestes operados em águas-furtadas por pequenos maltrapilhos; outros ex-druidas, vestidos de negro, prestes a morrer de raiva e de fome, queixavam-se em cem escritos de que não mais lhes permitissem enganar os homens, e que deixassem esse direito a bodes vestidos de cinzento. Alguns arquidruidas imprimiam libelos difamatórios.

Amazan nada sabia disso tudo; e, mesmo que o soubesse, pouco lhe importaria, tão ocupado tinha o espírito com a princesa de Babilônia, o rei do Egito, e o seu inviolável juramento de desprezar as faceirices das damas, em qualquer país onde o sofrimento lhe conduzisse os passos.

Todo o populacho leviano, ignorante, e sempre exagerado nessa curiosidade peculiar ao gênero humano, se comprimiu por muito tempo em torno dos seus unicórnios; as mulheres, mais sensatas, forçaram-lhe as portas da moradia para contemplar a sua pessoa.

Testemunhou, no princípio, a seu hospedeiro, desejos de ir à Corte; mas alguns ociosos da boa vida, que ali se encontravam por acaso, lhe disseram que isso passara de moda, que os tempos eram outros e só havia prazeres na cidade. Na mesma noite, recebeu convite para cear em casa de uma dama cujo espírito e talentos eram conhecidos fora de sua pátria, e que tinha viajado em alguns países por onde Amazan passara. Apreciou muito aquela dama e a sociedade reunida em seus salões. A liberdade era ali decente, a alegria não era ruidosa, a ciência nada tinha de desgostante, nem o espírito nada de afetado. Viu que o nome de boa sociedade não é um nome vão, embora seja muitas vezes usurpado. No dia seguinte jantou numa sociedade não menos amável, mas muito mais voluptuosa. Quanto mais satisfeito estava com os convivas, tanto mais se agradavam dele. Sentia a alma abrandar e dissolver-se como os arômatas de seu país se fundem suavemente a um fogo moderado, exalando-se em perfumes deliciosos.

Após o jantar, levaram-no a um espetáculo encantador, condenado pelos druidas, porque lhes roubava o auditório de que eram mais ciumentos. Esse espetáculo era um conjunto de versos agradáveis, de cantos deliciosos, de danças que exprimiam os movimentos da alma, e de perspectivas que encantavam os olhos, iludindo-os. Esse gênero de espetáculo, que reunia tantos gêneros, era conhecido sob um nome estrangeiro: chamava-se ópera, o que significava outrora na língua das sete montanhas trabalho, cuidado, ocupação, indústria, empresa, negócio.

Aquele negócio o encantou. Uma rapariga, sobretudo, fascinou-o com a sua voz melodiosa e as graças que a acompanhavam; essa rapariga de negócio foi-lhe apresentada após o espetáculo por seus novos amigos. Ele lhe fez presente de um punhado de diamantes. Tão reconhecida lhe ficou a rapariga que não o pôde deixar no resto da noite. Ceou com ela, e durante a ceia, esqueceu a sua sobriedade; e, após a ceia, esqueceu o seu juramento de se conservar sempre insensível à beleza e inexorável ante as coqueterias. Que exemplo da fraqueza humana!

A bela princesa de Babilônia chegava então com a fênix, a sua camareira Irla, e seus duzentos cavaleiros gangáridas montados em seus unicórnios. Foi preciso esperar muito até que abrissem as portas. Ela perguntou primeiro se o mais belo, o mais corajoso, o mais inteligente e o mais, fiel dos homens ainda não havia chegado àquela cidade. Os magistrados logo compreenderam que queria referir-se a Amazan. Fez-se conduzir onde ele se achava hospedado; entrou, com o coração palpitante de amor: toda a sua alma estava penetrada da inexprimível alegria de tornar a ver enfim, na pessoa do bem-amado, o modelo da constância. Nada a pôde impedir de entrar no seu quarto; os cortinados estavam abertos: ela viu o belo Amazan adormecido entre os braços de uma linda morena. Tinham ambos grande necessidade de repouso.

Formosante lançou um grito de dor que ecoou por toda a casa, mas que não pôde despertar nem a seu primo, nem à mulher de negócio. Tombou desmaiada nos braços de Irla. Logo que recobrou os sentidos, retirou-se daquele quarto fatal com um misto de dor e cólera. Irla informou-se sobre quem era aquela que passava tão doces horas com o belo Amazan. Disseram-lhe que era uma rapariga de negócio, muito complacente, que reunia aos seus outros talentos o de cantar com muita graça.

– Ó céus! ó poderoso Orosmade! – exclamava, chorando, a bela princesa de Babilônia. – Por quem sou eu traída, e com quem! Então aquele que recusou por mim tantas princesas abandona-me agora por uma farsante das Gálias! Não, não poderei sobreviver a esta afronta!

– Eis, senhora – lhe disse Irla, – como são os rapazes, de um extremo a outro do mundo. Ainda que estejam enamorados de uma beleza descida do céu, podem ser-lhe infiéis, em certos momentos, com uma criada de taverna.

– Está decidido – disse a princesa, – nunca mais o verei em toda a vida; partamos imediatamente, e que atrelem meus unicórnios.

A fênix pediu-lhe para esperar ao menos que Amazan despertasse, a fim de que lhe pudesse falar. Amazan não merece que lhe fales - disse a princesa, e assim me ofenderias cruelmente; julgaria ele que eu te pedi para o censurares e que desejo reconciliar-me com ele. Se me estimas, não acrescentes esta injúria à injúria que ele me fez. A fênix, que afinal de contas devia a vida à filha do rei de Babilônia, não pôde desobedecer-lhe.

– Para onde vamos, senhora? – perguntou-lhe Irla.

Não sei – dizia a princesa, – tomaremos o primeiro caminho que encontrarmos: desde que me afaste para sempre de Amazan, estou satisfeita.

A fênix, mais sensata do que Formosante, porque era sem paixão, consolava-a em caminho observava com brandura que era triste castigar-se pelas faltas de outrem; que Amazan já lhe dera significativas e numerosas provas de fidelidade para que lhe pudesse perdoar o haver-se esquecido um momento; que era um justo a quem faltara a graça de Orosmade; que depois disso tanto mais constante seria ele no amor e na virtude; que o desejo de expiar a falta o faria exceder-se a si mesmo;

que tanto mais feliz seria ela; que várias princesas haviam perdoado semelhantes deslizes, com o que se deram muito bem: citava-lhe exemplos; tal era a sua arte de contar, que afinal o coração de Formosante ficou mais calmo e apaziguado; ela desejaria não ter partido tão cedo; achava que os seus unicórnios iam demasiado depressa, mas não ousava desandar o caminho; dividida entre o desejo de perdoar e o de mostrar sua cólera, entre o amor e a vaidade, deixava os unicórnios seguirem; ela corria o mundo, conforme a predição do oráculo de seu pai.

Amazan, ao despertar, cientifica-se da chegada e partida de Formosante e da fênix; sabe do desespero e da cólera da princesa; dizem-lhe que ela jurou que nunca o perdoaria.

– Agora – exclamou ele – só me resta segui-la e matar-me a seus pés!

Seus amigos da boa companhia dos ociosos acorreram ao rumor dessa aventura; todos lhe demonstraram que era infinitamente melhor ficar com eles; que nada era comparável à doce vida que levavam no seio das artes e de uma voluptuosidade tranquila e refinada; que vários estrangeiros, e até reis, haviam preferido aquele repouso, tão agradavelmente ocupado e tão encantador, à sua pátria e ao seu trono; que aliás a sua carruagem se achava quebrada e um marceneiro lhe estava fabricando outra do mais recente modelo; que o melhor alfaiate da cidade já lhe cortara uma dúzia de roupas à última moda; que as damas mais inteligentes e amáveis da cidade, em cuja casa representavam muito bem, estavam cada qual com um dia marcado para lhe oferecerem festas. A rapariga de negócios, durante esse tempo, tomava o seu chocolate na alcova, ria, cantava e fazia mil negaças ao belo Amazan, que afinal se apercebia de que ela não tinha mais senso do que um ganso.

Como a sinceridade, a cordialidade, a franqueza, bem como a magnanimidade e a coragem compunham o caráter desse grande príncipe, já havia ele contado as suas desgraças e viagens aos amigos; sabiam que era primo da princesa; estavam informados do funesto beijo que ela dera no rei do Egito.

– Perdoam-se essas pequenas extravagâncias, entre parentes – lhes disseram eles, - sem o que teríamos de passar a vida em eternas querelas.

Nada o demoveu da intenção de sair empós de Formosante; mas, como o carro ainda não estivesse pronto, foi obrigado a passar três dias com os ociosos, entre festas e prazeres. Afinal despediu-se deles, beijando-os, fazendo-os aceitar os mais bem montados diamantes do seu país, e recomendando-lhes que fossem sempre levianos e frívolos, pois tanto mais amáveis e venturosos seriam. "Os germanos – dizia ele – são os velhos da Europa; os povos de Albion são os homens feitos; os habitantes das Gálias são as crianças, e eu gosto de brincar com eles."

CAPÍTULO XI

Os guias não tiveram dificuldade em seguir pista da princesa; não se falava senão dela e do seu grande pássaro. Todos os habitantes estavam ainda cheios de entusiasmo e admiração. Os povos da Dalmácia e das Marcas d'Ancona não tiveram tão deliciosa surpresa quando viram, mais tarde, uma casa voar; nas margens do Loire, do Dordonha, do Garona, do Gironda, ainda ecoavam as aclamações.

Quando Amazan chegou ao sopé dos Pireneus, os magistrados e os druidas do país obrigaram-no, contra a vontade, a dançar com um pandeiro; mas, logo que franqueou os Pireneus, não viu mais alegria nem contentamento. Se ouviu algumas canções de longe em longe, eram todas numa toada triste: os habitantes caminhavam gravemente, de rosário, e punhal à cinta. O povo, vestido de preto, parecia estar de luto. Se os criados de Amazan interrogavam os passantes, estes respondiam por sinais; se entravam numa estalagem, o proprietário informava em três palavras que não havia nada no estabelecimento, e que podiam mandar buscar a algumas milhas as coisas de que tinham necessidade urgente.

Quando perguntavam àqueles silenciários se tinham visto passar a bela princesa da Babilônia, respondiam com menos laconismo:

– Nós a vimos, sim; ela não é tão bonita; só os tipos trigueiros é que são bonitos; ela ostenta um colo de alabastro que é a coisa mais desgostante do mundo e quase não se encontra em nossos climas.

Amazan dirigia-se para a província regada pelo Bétis. Ainda não haviam decorrido doze mil anos que essa região fora descoberta pelos tírios, no mesmo tempo em que fizeram a descoberta da grande ilha Atlântida, submersa alguns séculos depois. Os tírios cultivaram a Bética, que os naturais da região deixavam ao Deus dará, achando que não deviam meter-se em coisa alguma e que era aos gauleses seus vizinhos que competia cultivar a sua terra. Os tírios tinham levado consigo uns palestinos, que desde aquele tempo corriam todas as terras, onde quer que houvesse algum dinheiro a ganhar. Esses palestinos, emprestando a 50%, tinham acumulado em suas mãos quase todas as riquezas do país. Isso fez crer aos povos da Bética que os palestinos eram feiticeiros; e todos os palestinos acusados de magia eram queimados sem misericórdia por uma companhia de druidas a quem chamavam os inquiridores ou antropokaias. Esses sacerdotes lhes vestiam primeiro um hábito de carnaval, apoderavam-se de seus bens, e recitavam devotamente as próprias orações dos palestinos, enquanto os queimavam a fogo lento por amor de Dios.

A princesa de Babilônia desembarcara na cidade a que chamaram depois Sevilha. Sua intenção era seguir pelo Bétis para voltar por Tiro à Babilônia, ver o rei Belus seu pai, e esquecer, se pudesse, o seu infiel amado, ou então pedi-lo em casamento. Mandou chamar dois palestinos que faziam os negócios da Corte. Deviam fornecer-lhe três navios. A fênix fez com eles todos os arranjos necessários e combinou o preço, depois de regatear um pouco.

A hospedeira era muito devota, e o seu marido, não menos devoto, era familiar, Isto é, espião dos druidas inquiridores antropokaias; não deixou de os avisar que havia em sua casa uma feiticeira e dois palestinos que negociavam um pacto com o diabo, disfarçado em grande pássaro dourado. Os inquiridores, sabendo que a dama tinha uma prodigiosa quantidade de diamantes, logo a declararam feiticeira; esperaram a noite para prender os duzentos cavaleiros e os unicórnios que dormiam em vastas estrebarias: pois os inquiridores são poltrões.

Após haverem barricado fortemente as portas, apoderaram-se da princesa e de Irla; mas não puderam apanhar a fênix, que saiu voando a voo solto: bem esperava encontrar Amazan no caminho das Gálias para Sevilha.

Encontrou-o na fronteira da Bética e comunicou-lhe o desastre da princesa. Amazan nem pôde falar, tão impressionado e enfurecido ficou. Arma-se de uma couraça de aço damasquinada de ouro, de uma lança de doze pés, de duas azagaias e de uma cortante espada chamada a fulminante, que podia fender, de um só golpe, árvores, rochedos e druidas; cobre a bela cabeça com um capacete de ouro sombreado de plumas de garça e de avestruz. Era a antiga armadura de Magog, que sua irmã Aldéia lhe dera de presente em sua viagem à Cítia; os poucos companheiros que o seguiam montam, igualmente, cada um o seu unicórnio.

Amazan, abraçando sua querida fênix, não lhe diz mais que estas tristes palavras:

– A culpa é minha; se eu não houvesse pernoitado com uma mulher de negócios, na cidade dos ociosos, não se acharia a bela princesa de Babilônia nesta espantosa situação; corramos aos antropokaias.

Entra logo em Sevilha: mil e quinhentos aguazis guardavam as portas do recinto onde os duzentos gangáridas e os seus unicórnios estavam presos sem comer; achava-se tudo preparado para o próximo sacrifício da princesa de Babilônia, da sua camareira Irla e dos dois ricos palestinos.

O grande antropokaia, cercado de seus pequenos antropokaias, já se encontrava em seu tribunal sagrado; uma, multidão de sevilhanos, com as contas enfiadas à cinta, juntava as duas mãos sem dizer palavra; e conduziam a bela princesa, Irla e os dois palestinos, as mãos atadas às costas, e com hábitos de carnaval.

A fênix entra por uma lucarna na prisão, cujas portas Já começavam a ser forçadas pelos gangáridas. O invencível Amazan as investe por fora. Saem todos armados, cada qual no seu unicórnio; Amazan posta-se à frente deles. Não tem dificuldade em derribar os aguazis, os familiares, os sacerdotes antropokaias; cada unicórnio espetava dúzias deles ao mesmo tempo. A fulminante de Amazan cortava em dois todos aqueles que se lhe deparavam; o povo fugia com suas capas negras e golas sujas, tendo sempre na mão as contas bentas por amor de Dios.

Amazan abotoa o grande inquiridor no seu tribunal e lança-o sobre a fogueira que estava preparada a quarenta passas; ali também lançou, de um em um, os outros pequenos inquiridores. Prosterna-se em seguida aos pés de Formosante:

– Ah! como sois encantador – disse ela. – E como eu vos adoraria se não me tivésseis feito uma infidelidade com uma mulher de negócio!

Enquanto fazia as pazes com a princesa, enquanto os gangáridas empilhavam na fogueira os corpos de todos os antropokaias e as chamas se elevavam até as nuvens, viu Amazan, ao longe, como que um exército que se aproximava. Um velho monarca, com a coroa na cabeça, avançava num carro puxado por oito mulas atreladas com cordas; seguiam-se cem outros carros. Eram acompanhados por graves personagens de trajes pretos com gargantilhas, montados em belos cavalos; seguia-os uma multidão de gente a pé, silenciosa e de cabelos engordurados.

Amazan dispôs em torno de si os seus gangáridas e avançou de lança em riste. Logo que o rei o avistou, tirou a coroa, desceu do carro, beijou o estribo de Amazan e disse-lhe:

– Homem enviado de Deus, sois o vingador do gênero humano, ó libertador de minha pátria, o meu protetor. Esses monstros sagrados de que purgastes a terra eram os meus senhores em nome do Velho das Sete Colinas; via-me obrigado a suportar seu criminoso poder. Se pretendesse ao menos moderar as suas abomináveis atrocidades, o meu povo me teria abandonado. Hoje eu respiro, eu reino, e a vós o devo.

Em seguida beijou respeitosamente a mão de Formosante e pediu-lhe que subisse, com Amazan, Irla e a fênix, no seu carro de oito mulas. Os dois palestinos, banqueiros da Corte ainda prosternados de terror e reconhecimento, afinal se ergueram; e a tropa dos unicórnios escoltou o rei da Bética até o palácio.

Como a dignidade do rei de um povo grave exigia que suas mulas marchassem a passo, Amazan e Formosante tiveram tempo de contar-lhe as suas aventuras. Ele também conversou com a fênix, admirou-a, e beijou-a mil vezes. Reconheceu quanto eram ignorantes, brutais e bárbaros os povos do Ocidente, que comiam os animais e não mais compreendiam a sua linguagem; que só os gangáridas haviam conservado a natureza e a dignidade primitiva dos homens; mas convinha sobretudo em que os mais bárbaros dos mortais eram aqueles inquiridores antropokaias de que Amazan acabava de purgar o mundo. Não cessava de o abençoar e agradecer-lhe. A bela Formosante esquecia já a aventura da mulher de negócio e só tinha a alma cheia do valor daquele herói que lhe salvara a vida. Amazan, ciente da inocência do beijo dado no rei do Egito e da ressurreição da fênix, experimentava uma pura alegria e estava embriagado do mais violento amor.

Jantaram em palácio e passaram muito mal. Os cozinheiros da Bética eram os piores da Europa. Amazan aconselhou que os mandassem buscar nas Gálias. Os músicos do rei executaram durante a refeição aquela peça famosa que foi chamada, no decorrer dos séculos, as Loucuras da Espanha. Depois da refeição, falaram de negócios.

O rei perguntou ao belo Amazan, à bela Formosante e à bela fênix o que pretendiam fazer.

– Quanto a mim – disse Amazan – a minha intenção – é voltar à Babilônia, de cujo trono sou herdeiro presuntivo, e pedir a meu tio Belus a mão de minha prima, a incomparável Formosante, a menos que ela prefira viver comigo entre os gangáridas.

– O meu desejo – disse a princesa – é certamente jamais me separar de meu primo. Mas creio conveniente ir ter com meu pai, tanto mais quanto ele só me deu licença para ir em peregrinação a Baçorá, e eu saí a correr mundo.

– Quanto a mim – disse a fênix, – seguirei por toda parte esses dois ternos e generosos amantes.

– Tem razão – disse o rei da Bética, – mas o regresso a Babilônia não é tão fácil como pensam. Todos os dias tenho notícias desse país, pelos navios tírios e por meus banqueiros palestinos, que mantêm correspondência com todos os povos da terra. Tudo está em pé de guerra para as bandas do Eufrates e do Nilo. O rei da Cítia reclama a herança de sua mulher, à frente de trezentos mil guerreiros a cavalo. O rei do Egito e o rei das Índias assolam também as margens do Tigre e do Eufrates, cada um à frente de trezentos mil homens, para vingar-se de haverem zombado deles. Enquanto o rei do Egito se acha fora de seu país, o rei da Etiópia depreda o Egito com trezentos mil homens; e o rei de Babilônia só tem seiscentos mil homens de prontidão.

Confesso – continuou o rei – que, quando ouço falar – desses prodigiosos exércitos que o Oriente vomita de seu seio, e da sua espantosa magnificência; quando os comparo a nossos pequenos corpos de vinte a trinta mil soldados, tão difíceis de vestir e alimentar, sou tentado a crer que o Oriente foi feito muito tempo antes do Ocidente. Parece que saímos anteontem do caos, e ontem da barbárie.

– Sire – disse Amazan, – os últimos a chegar ganham às vezes dos que entraram primeiro na corrida. Pensam no meu país que o homem é originário da Índia, mas eu não tenho certeza alguma.

– E tu – perguntou o rei da Bética à fênix, – que pensas a respeito?

-Sire - respondeu a fênix, - sou ainda muito jovem para estar informada da antiguidade. Não vivi mais que uns vinte e sete mil anos; mas meu pai, que viveu cinco vezes essa idade, me dizia haver sabido, por meu avô, que as regiões do Oriente sempre foram mais povoadas e mais ricas que as outras. Sabia, por seus antepassados, que as gerações de todos os animais tinham começado às margens do Ganges. Quanto a mim, não tenho a vaidade de ser dessa opinião. Não posso acreditar que as raposas de Albion, as marmotas dos Alpes e os lobos das Gálias venham do meu país; da mesma forma, não creio que os pinheiros e os carvalhos das vossas regiões descendam das palmeiras e dos coqueiros da Índia.

– Mas de onde vimos então? – indagou o rei.

– Nada sei - respondeu a fênix. – Desejaria apenas saber para onde poderão ir a bela princesa da Babilônia e o meu querido amigo Amazan.

– Duvido muito – observou o rei – de que, com os seus duzentos unicórnios, possa ele atravessar tantos exércitos de trezentos mil homens cada um.

– Por que não? – disse Amazan.
O rei da Bética sentiu o sublime do por que não?; mas achou que só o sublime não bastava contra exércitos inumeráveis.

– Aconselho-vos – disse ele – a procurardes o rei da Etiópia; mantenho relações com esse príncipe negro por intermédio de meus palestinos. Dar-vos-ei cartas para ele. Como é inimigo do rei do Egito, há de sentir-se muito feliz de se ver fortalecido pela vossa aliança. Posso auxiliar-vos com dois mil homens muito sóbrios e muito bravos; só dependerá de vós engajardes outros tantos entre os povos que moram, ou antes, que saltam, ao pé dos Pireneus, e a quem chamam vascos ou vasconços. Manda um de teus guerreiros, num unicórnio, com alguns diamantes, e não haverá vasco que não deixe o castelo, isto é, a choupana de seu pai, para servir-

-te. São infatigáveis, corajosos e alegres; ficarás muito satisfeito com eles. Enquanto não chegam, nós vos ofereceremos festas e vos aprestaremos navios. Para o serviço que me prestastes, todo reconhecimento é pouco. Amazan desfrutava do prazer de haver reencontrado Formosante e de gozar em paz, na sua conversação, todos os encantos do amor reconciliado, que quase valem os do amor nascente.

Em breve chegou uma tropa vigorosa e alegre de vasconços, dançando ao som dos pandeiros; outra tropa vigorosa e séria de guerreiros da Bética se achava a postos. O velho rei trigueiro abraçou ternamente os dois enamorados. Mandou carregar seus navios de armas, leitos, jogos de xadrez, trajos negros, gorjeiras, cebolas, carneiros, galinhas, farinha e bastante alho, desejando-lhes feliz travessia, um amor constante e vitórias.

A frota ancorou à margem onde se diz que, tantos séculos depois, a fenícia Dido, irmã de Pigmalião, esposa de Siqueu, tendo deixado a cidade de Tiro, foi fundar a soberba cidade de Cartago, cortando um couro de boi em loros, segundo o testemunho dos mais graves autores da antiguidade, os quais nunca contavam fábulas, e de acordo com os professores que escrevem para meninos; embora jamais tivesse havido ninguém em Tiro que se chamasse Pigmalião, ou Dido, ou Siqueu, que são nomes inteiramente gregos, e embora não houvesse rei em Tiro naquele tempo.

A soberba Cartago não era ainda um porto de mar; não havia ali senão alguns númidas que secavam peixe ao sol. Costearam Bizacene e Sirtes, as férteis plagas onde existiram mais tarde Cirene e a grande Quersoneso.

Chegaram enfim à primeira embocadura do rio sagrado do Nilo. Era na extremidade dessa terra fértil que o porto de Canope já recebia os navios de todas as nações comerciantes, sem que se soubesse se o Deus Canope fundara o porto, ou se os habitantes haviam fabricado o deus, nem se a estrela Canope dera seu nome à cidade, ou se a cidade dera o seu à estrela. Só o que se sabia é que a cidade e a estrela eram muito antigas e é só o que se pode saber da origem das coisas, qualquer que seja a natureza delas.

Foi lá que o rei da Etiópia, tendo assolado todo o Egito, viu desembarcar o invencível Amazan e a adorável Formosante. Pensou que ele fosse o deus dos combates e ela a deusa da beleza. Amazan apresentou-lhe a carta de recomendação do rei da Espanha. O rei da Etiópia começou dando festas admiráveis, segundo o indispensável costume dos tempos heroicos; em seguida falaram de ir exterminar os trezentos mil homens do rei do Egito, os trezentos mil do imperador das Índias e os trezentos mil do grande Kan dos citas, que cercavam a imensa, a altiva, a voluptuosa cidade de Babilônia.

Os dois mil espanhóis que Amazan trouxera consigo disseram-lhe que não precisavam do rei da Etiópia para socorrer Babilônia; que era suficiente que seu rei lhes houvesse ordenado que a fossem libertar; que bastavam eles para tal expedição.

Quanto aos vasconços, disseram que já tinham feito muitas daquelas; que bateriam sozinhos os egípcios, os indianos e os citas, e que só marchariam com os espanhóis sob a condição de que estes ficassem à retaguarda.

Os duzentos gangáridas puseram-se a rir das pretensões de seus aliados e garantiram que, apenas com cem unicórnios, fariam fugir todos os reis da terra. A bela Formosante os apaziguou com a sua prudência e as suas encantadoras falas. Amazan apresentou ao monarca negro os seus gangáridas, os seus unicórnios, os espanhóis, os vascos e o seu belo pássaro.

Em breve tudo estava preparado para marchar por Mênfis, Heliópolis, Arsínoe, Petra, Artemite, Sora, Apaméia, a fim de ir atacar aos três reis e dar início a essa guerra memorável, diante da qual todas as guerras que os homens fizeram depois não foram mais que rinhas de galos e codornizes.

Todos sabem como o rei da Etiópia se enamorou da bela Formosante e como a foi surpreender no leito, quando um suave sono lhe fechava os longos cílios. Recorda-se que Amazan, testemunha daquele espetáculo, julgou ver o dia e a noite deitados juntos. Não se ignora que Amazan, indignado com a afronta, sacou de súbito a sua fulminante, cortou a cabeça perversa do insolente negro e expulsou todos os etíopes do Egito. Pois não estão esses prodígios registrados no livro de crônicas do Egito? A fama espalhou com as suas mil bocas as vitórias que ele obteve sobre os três reis, com os seus espanhóis, seus vascos e seus unicórnios. Entregou a bela Formosante ao pai; libertou todo o séquito da sua amada, que o rei do Egito reduzira à escravidão. O grande cã dos citas se declarou vassalo, vendo confirmado o seu casamento com a princesa Aldéia. O invencível e generoso Amazan, reconhecido herdeiro do reino de Babilônia, entrou na cidade, em triunfo, com a fênix, na presença de cem reis tributários. A festa de seu casamento ultrapassou em tudo a que o rei Belus oferecera. Foi servido à mesa o boi Apis assado. O rei do Egito e o das Índias serviram bebidas aos dois esposos. E essas núpcias foram celebradas por quinhentos grandes poetas de Babilônia.

Ó Musas, imponde silêncio ao detestável Coger, professor de parolagem no colégio Mazarino, que não ficou contente com os discursos morais de Belisário e do imperador Justiniano e escreveu infames libelos difamatórios contra esses dois grandes homens.

Ponde uma mordaça no pedante Larcher que, sem saber uma palavra do antigo babilônio, sem ter viajado, como eu, pelas margens do Eufrates e do Tigre, teve a imprudência de sustentar que a bela Formosante, e a princesa Aldéia, e todas as mulheres daquela respeitável Corte, iam dormir, por dinheiro, com todos os palafreneiros da Ásia, no grande templo de Babilônia, devido a princípios religiosos. Esse libertino de colégio, vosso inimigo e inimigo do pudor, acusa as belas egípcias de Mendes de só terem amado os bodes, tencionando secretamente, sob esse exemplo, fazer uma viagem ao Egito, para conseguir afinal aventuras galantes. Como não conhece nem o moderno nem o antigo, insinua, na esperança de se introduzir junto a alguma velha, que a nossa incomparável Ninon, na idade de oitenta anos, dormiu com o padre Gédoin, da Academia Francesa e da Academia de Inscrições e Belas Letras.

Nunca ouviu falar do padre de Châteauneuf, que toma pelo padre Gédoin. Não conhece mais Ninon que as mulheres de Babilônia.

Musas, filhas do céu, vosso inimigo Larcher ainda faz mais: estende-se em elogios à pederastia; ousa dizer que todos os bambinos do meu país são sujeitos a essa infâmia. Pensa salvar-se aumentando o número dos culpados.

Nobres e castas Musas, que detestais igualmente o pedantismo e a pederastia, protegei-me contra mestre Larcher!

E vós, mestre Aliboron, mais conhecido por Fréron, ex-pseudo-jesuíta, vós, cujo Parnaso ora está no manicômio, ora na taverna da esquina; vós, a quem fizeram tanta justiça em todos os teatros da Europa, na honesta comédia da Escocesa; vós, digno filho do padre Desfontaines, que nascestes de seus amores com um desses belos efebos que trazem a lança e a venda, como o filho de Vênus, e que se alçam como ele aos ares, embora nunca tenham ido além do alto das chaminés; meu caro Aliboron, por quem sempre tive tamanha ternura, e que me fizestes rir um mês inteiro no tempo dessa Escocesa, eu vos recomendo a minha Princesa de Babilônia; dize bastante mal dela, a fim de que a leiam.

Não vos esquecerei aqui, gazeteiro eclesiástico, ilustre orador dos convulsionários, membro da igreja fundada pelo padre Bécherand e por Abraham Chaumeix; não deixeis de dizer nas vossas gazetas, tão pias quão eloquentes e sensatas, que a Princesa de Babilônia é herética, deísta e ateia. Tratai sobretudo de induzir o senhor Riballier a fazer condenar a Princesa de Babilônia pela Sorbona; causareis assim grande prazer a meu livreiro, a quem dei esta pequena história como presente de Ano Bom.